谁不是学着去爱

We All Learn to Love

顾奈 作品

北京联合出版公司

〰 时光最野蛮，每个人都终将风流云散，但你的每一个「晚安」，都意义非凡。

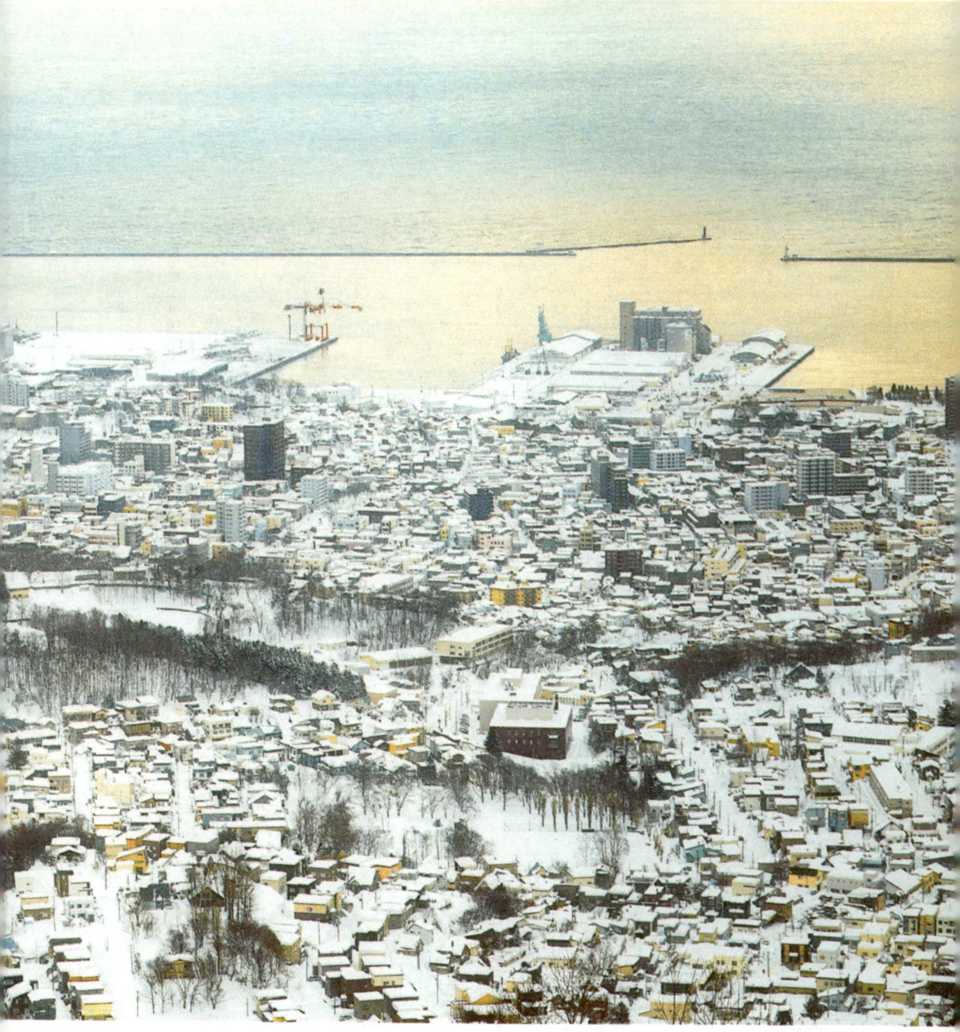

≈ 起初见面,不知往后故事深浅。
寄予厚望的人匆匆说了再见,
那些跌跌撞撞的人反而不经意地走了很远。
大概总归有些真爱,是意料之外的。

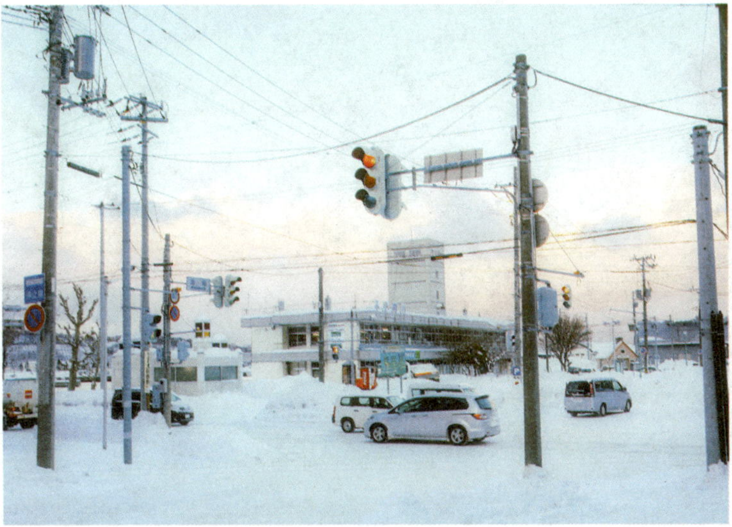

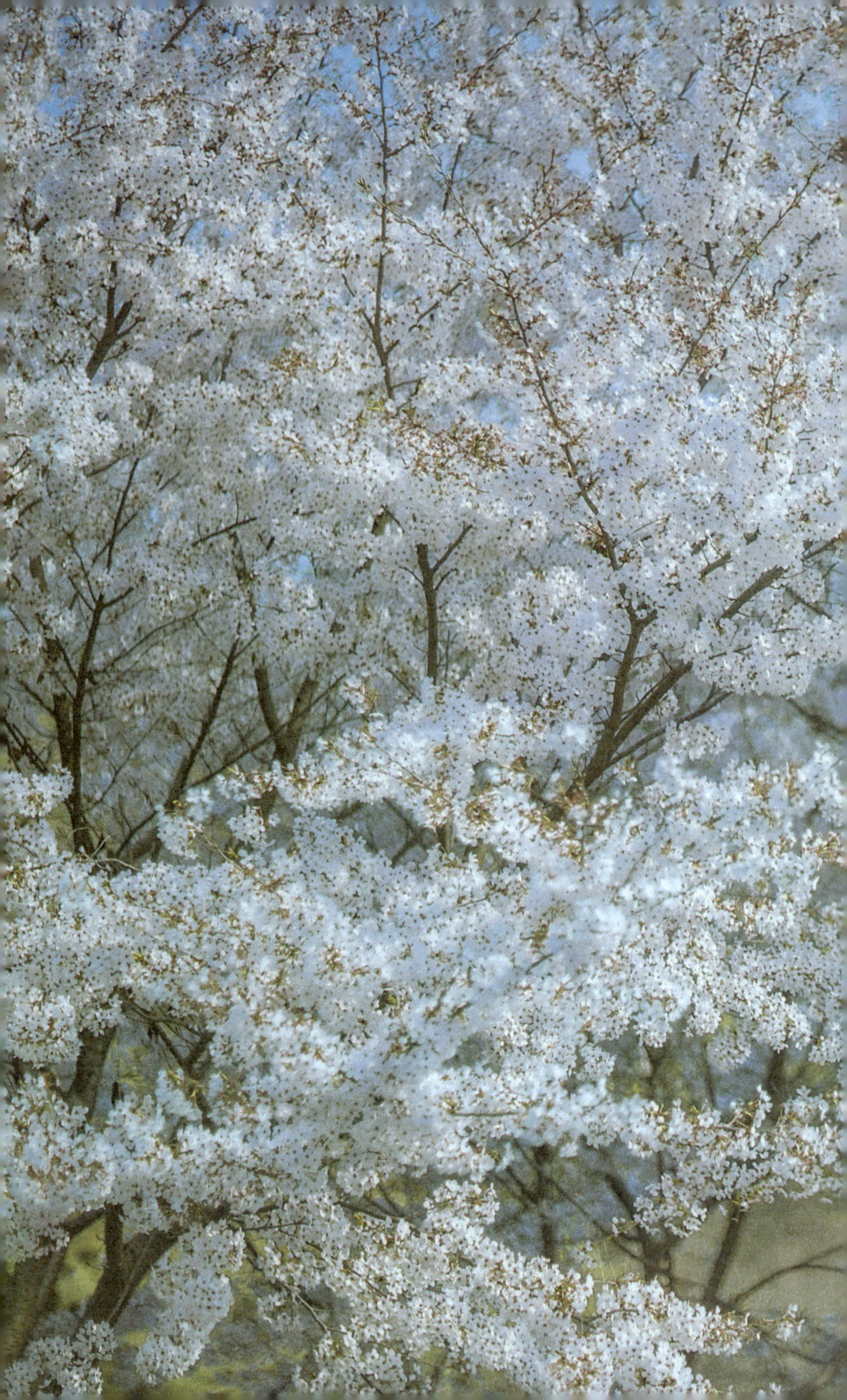

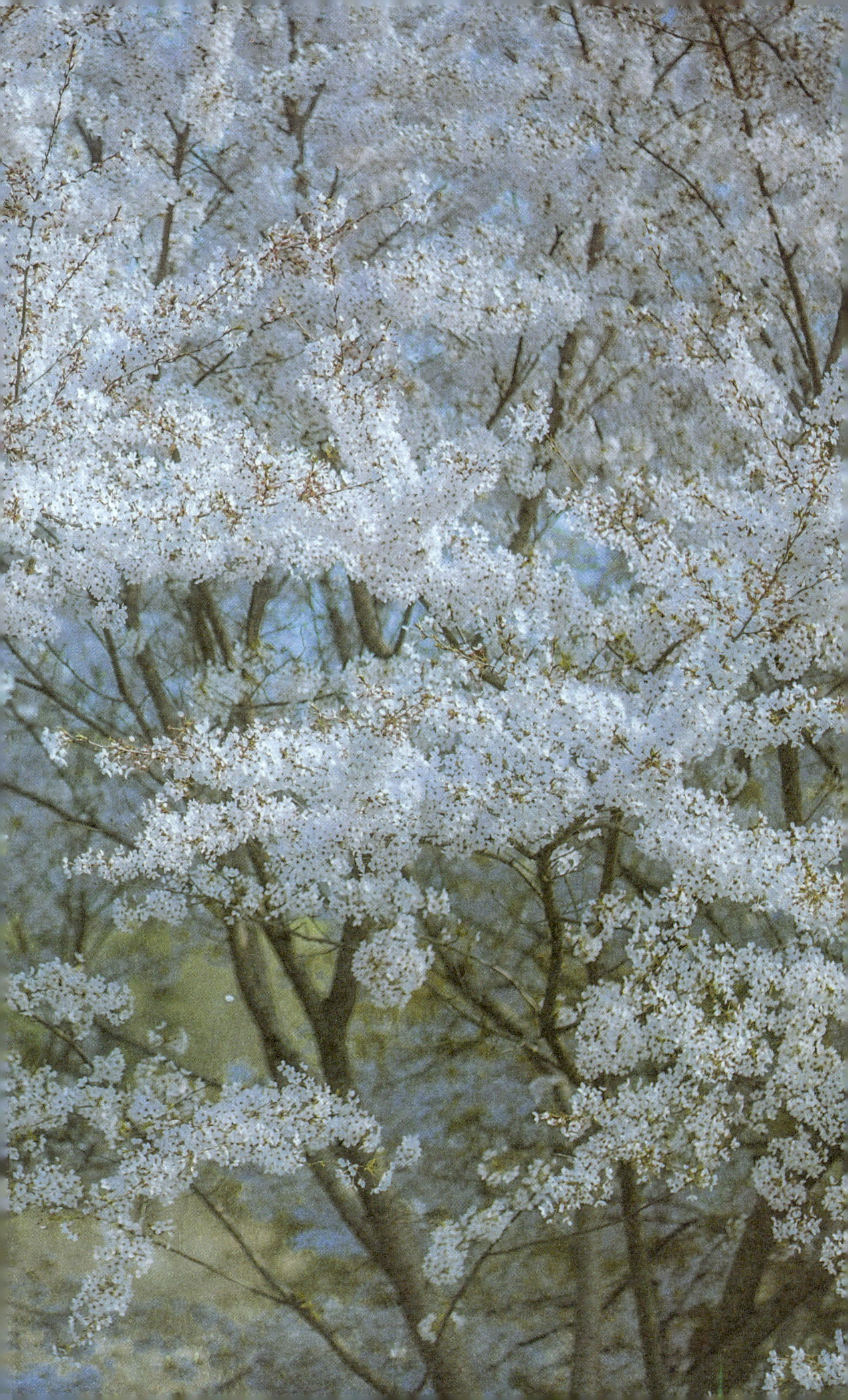

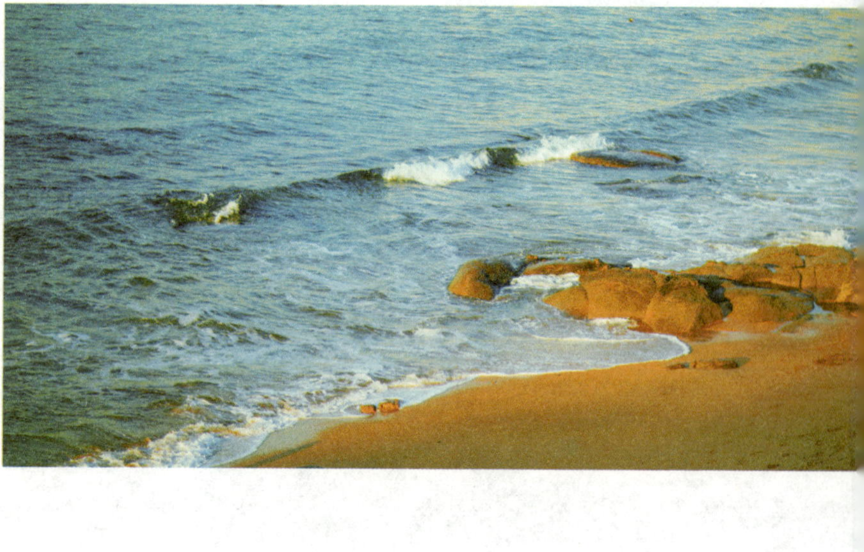

We All
Learn
To
Love

愿你别睡太晚，别爱太满

生活要在跌宕起伏中才能学会一切，包括爱。

这本随笔集更像一部情感成长录，谁也不是生来就情商一百的，于是会犯错，然后知错，再一点点摸索着找寻恋爱的法门。这些写出来的曲折，如果能开解到你，是我最希望的事。但也希望书中人犯过的错，你都可以巧妙地避开。

很早之前发过一条微博——"以前太爱给生活加戏，把一些平常的事情夸大，于是感觉这世上处处都是绝情与深情，导致容易极端地看待情感关系。遭受到一点不如意就对整段感情产生怀疑，得了一点体贴就迫不及待地想要交付真心。可这世上没有时刻周到的人，而看似深情的蛛丝马迹有时候也只是误会一场。于是不再相信直觉，那些曾经看好或看坏的事，如今大都不好不坏。"

这条微博下面的一条评论直到现在依旧让我感到戳心——"好像越敏感

的人越懂得反思，在情绪管理方面能够渐渐进步，即使他们早年的表现要比常人差很多。"

或许每个人其实都是这样一点点成长的，从幼稚到成熟，我们有很长的路要走。

前些日子跟朋友吃饭，聊起曾经的恋爱，纷纷展开了自我检讨——哪里做得不对，又如何自私猖狂，最后简单的饭局变成了群体忏悔。

想来自己也是如此，以前恋爱很强势，总是不肯先低头，轻易就为一件微不足道的事情跟对方争论起来。在气急败坏的时候又爱把自己的付出拎出来说，试图唤起对方的内疚感和责任感，偏偏对方也不服输，把自己做的种种提出来比较，导致一件小事上升到自私与否的层面。这是因为彼时眼里的对方都只记得自己的付出，而将另一方的付出却抛诸脑后，于是双方都变得像两个斤斤计较的小孩，互不相让；又因为彼此过于自我，说话不顾及对方感受，这样将不愉快堆积起来，最后消耗的还是感情。

可是这些年，谈过几次恋爱，执迷过无果，伤过与被伤过之后，终归成熟了起来。不再固执，开始懂得体谅和退让，清楚了自己不要什么，也能试着去了解对方想要什么。

也许你也一样，不小心弄丢过重要的东西——洒了的牛奶、遗失的钱包、走散的爱人、断掉的友情……当你做什么都于事无补、无法挽回时,唯一能做的,就是努力让自己好过一点。丢都丢了,就别再哭了。

愿你永远内心柔软,受过的伤都不留痕迹,每一次都倾尽全力去痛去爱;愿你不用掩盖伤口,不用笑着逞强,去疯去狂去感受;愿你每一次面对伤害,都能卷土重来;愿你别睡太晚,别爱太满。

而在下一次遇到对的人之前,我们都要努力变成更好的爱人啊。

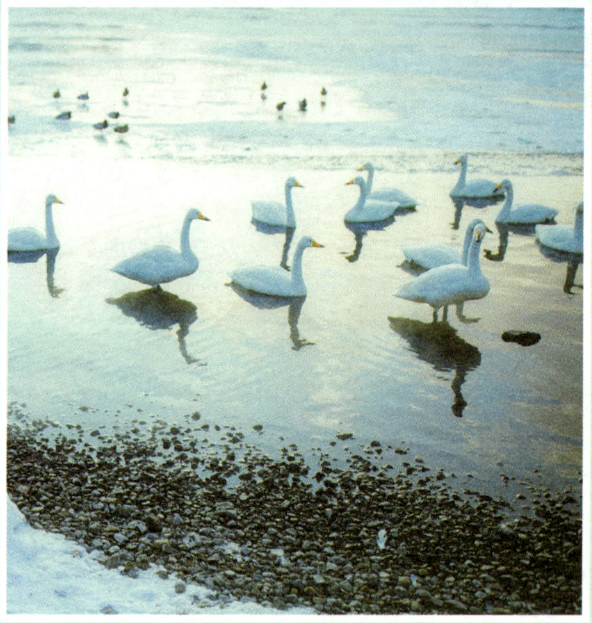

CONTENTS

谁不是学着去爱

目录

CHAPTER 1

谁不是学着去选择 [1]

为什么喜欢的人总是不喜欢你 [3]
他不是喜欢你,只是不想与任何人为敌 [8]
没有合适的年纪,只有合适的人 [14]
我就觉得网恋很靠谱 [17]
潜力股、绩优股怎么选 [21]
浪子回头有后患 [27]
你这么优秀,一定有很多备胎吧 [31]
好看的脸蛋没太多,有趣的灵魂不算少 [34]
他真的没那么喜欢你! [36]
男人会对好看的女人自动赋予美德 [40]

谁不是学着去勇敢 45

为什么大家越来越害怕结婚 47
错过就是过错 51
别去猜他的心思,去验证 58
如果相爱,请早早表白…… 64
若你爱的人此刻隔着距离 68
你以为他不懂爱,直到看到他爱别人 71
爱情不是永恒的,但追求爱情是永恒的 75
爱是需要时机的 79
只要你认可的他刚好有 82

谁不是学着去恋爱 87

我爱你,只是因为我高兴 89
不秀恩爱,分得更快 94
当你需要我的时候,我的爱才有意义 98
愿你自带安全感,恋爱的时候只需要爱情 102
好情绪的表达可以让感情升温 105
恋爱,光有心怎么够 111
恋爱多谈还是少谈好 116

CHAPTER 4 谁不是学着去理解 [119]

看看聊天记录吧，他真的不怎么喜欢你 [121]
不是看不穿，只是舍不得揭穿 [126]
没被爱过的人才分不清虚情假意 [131]
要放弃那个单方面很爱自己的人吗 [137]
他没亲口说喜欢你，就先别想太多 [143]
哪有什么有缘无分 [147]
我喜欢的人从不刻意炫耀什么 [150]
我以为你不喜欢我 [154]
我不了解你，但我想了解你 [160]
你不说，我怎么知道 [163]
玻璃心都是因为太在乎你 [168]

CHAPTER 5 谁不是学着去妥协 [171]

分手而已，为什么不直说呢 [173]
永远不要去考验人性 [176]
不怕你不爱，就怕你假装爱 [183]
不作死，就不会死 [187]
越是担心以后，就越难有以后 [193]
别说什么意念回复，不上心就是不上心 [197]
不太好的时候，我总是去考虑别的事 [200]

CHAPTER 6

谁不是学着去释怀 203

失恋要趁早 205
跟陌生的人恋爱，跟熟悉的人结婚 211
做个正能量的人 214
因为爱过，所以无法心平气和地错过 217
别再努力了，他不会喜欢你的 222
全世界那么多人不喜欢你，难道每个都去求吗 225
爱没有界限，但有底线 230
内心戏别太多，直男真的不懂 234
不以恋爱为基础的婚姻才是耍流氓 239

CHAPTER 7

谁不是学着去忘记 243

对于前任，能保持缄默，是一种修为 245
没有一种爱是靠自尊换来的 250
他就是脾气不好，但人不坏 256
爱情真的死不了人 262
抱歉，我不跟喜欢的人做朋友 268
该不该跟前任再见面 274
你戒不掉，是因为伤害不够大 279

谁不是学着去选择

CHAPTER 1

为什么喜欢的人总是不喜欢你

大部分人的情伤,都是来自喜欢的人不喜欢自己。而不被喜欢的人认可,就好像所有的优点都变得毫无意义。于是你开始怀疑自己,到底是哪里不好,不够好看?不够有钱?不够有趣?为什么明明有不少人喜欢自己,可与自己喜欢的人却总是失之交臂?

你又不差,为什么你喜欢的人总是不喜欢你?

每个人不一样,很多人在遇到喜欢的人时,会呈现相反的性格,比如原本开朗热情的人,因为害羞或矜持却变得高冷起来。

我有个闺密,喜欢一个男孩子很久,但一直不敢主动开口,哪怕只是几句简单的对话都会不好意思。每次聚会,我都努力给她制造机会,吃饭、唱歌都尽量把她推到男孩子身边,但她不好意思主动跟人家说话;对方开口了,她也只是淡淡地回应几句,眼神都不敢直视对方。倒是跟其他人接触的时候,谈笑风生,还能幽默地打趣几句。刚好男生也是慢热的性格，于是俩人迟迟没有进展。看得我着急，提议说帮忙打探下对方的意思，被朋友阻止，只好作罢。

后来一次聚会，男生突然带上了女朋友，妹子长得一般，远不如闺密美，但是性格热情大方，一来就跟大家混成了一片。
我终于忍不住问那个男生，觉得我闺密怎么样？男生说，很好啊，又美又有才华。我说那你为什么不喜欢？男生一脸委屈，我没不喜欢啊，我以为她不喜欢我，主动跟她说话，她都不怎么理我，倒是跟别人都有说有笑的，我还以为她对我有意见……

看到这里，肯定有人会说，一定是男生不够喜欢，所以轻易放弃。但死皮赖脸追女神的戏码，生活中少之又少，而且真的会死皮赖脸的也只有"屌丝"吧。条件好的男孩子都不缺女孩子的青睐，何必倒贴一个冰美人？而且感情这东西是需要互动的，即使交朋友，人们也更喜欢聊得来的吧？

没人喜欢被冷落，有时候你演着自己的内心戏，以为他看得懂自己的矜持与害羞，然而对方只会觉得——你那么高冷是不是对我有意见？

这种心理，主要还是不自信作祟。不敢靠近他，怕被发现脸上的粉刺、黑头；不敢直视他，怕被看透内心的小秘密；不敢跟他聊天，怕说错话，怕暴露自己的无趣……可现在这个连商品都需要广告、需要叫卖的时代，

CHAPTER 1

你如果还不知道适当地展示自己那就真没辙了,酒香也怕巷子深。

好看的外表确实让人眼前一亮,但如果没有互动,没有沟通,何来感情?不管是交友还是恋爱,人们普遍看重聊得来这一点。

千万别不自信,那些你自觉配不上的人,最终都会得不到或得到后再失去。就像乞丐穿不惯华裳,穿得小心翼翼,看起来也就忸怩,姿态露了拙,怎么都像是偷来的。可命运不会偏袒任何人,给你了,你就配得上,别当作侥幸。命运也不会照顾你的内心戏,更不会体谅你的谦虚。

面对喜欢的人不自信,其实很多人都会,但是千万别把这种没底气的自己暴露在对方面前。以前我也是这样,中学时候喜欢一个男孩子,从来不好意思主动跟他说话,印象中为数不多的几次短暂对话,都是他主动。现在想来,他不过是个十几岁的小男孩而已,不知道自己在怵个什么劲。

其实大大方方不卑不亢就好,太谄媚也不行。把自己放得很低,去讨好这种情况,如果男人这么做,也许更能讨女孩子欢心,但女人这样,只会招来不珍惜。直树和湘琴的故事都是电视里的,生活中,倒贴成功的故事少之又少,反倒是很多都成了爱情事故。

大学时候,班里有个女同学,喜欢一个同系不同班的男生,把他奉为男神。为了靠近对方,她去报跟男生一样的社团、选修课,甚至像个跟踪狂,对方去哪里吃饭都跟着,然后假装偶遇。毫不避讳地整天把对方挂在嘴边,很快,××喜欢××这件事传遍了两个班。经常有人当面开她玩笑,她也丝毫不避讳,乐意接着。

女生性格开朗,家境好,出手也大方,给男生买饭的时候顺便给他的室友们也带几份,跟他们组队打游戏,再贵的装备送起来都不眨眼。借此迅速打入了内部,之后男生的任何情况,都会有小道消息自动传到她耳朵里,比如今天穿的什么颜色的内裤啦,昨晚说了什么梦话啦,又一个人去图书馆自习了啦……甚至他们宿舍聚餐,室友们都会叫上她。她默默地为他改变,抛弃了破洞裤,穿上连衣裙和高跟鞋学淑女走路;听说他喜欢长头发,就把原来的头发染黑了留长;从来不愿下厨,却学会了烤蛋糕,只是为了亲手做给他吃。

男生长得文质彬彬,性格属于高冷型,话不多,对于她的示好,不置可否,但也礼貌地保持着距离。在女同学穷追猛打了近一个学期之后,男神终于答应说,那我们试试看吧。

在一起之后,她更积极了,他却还是老样子,平时回消息依然速度缓慢、字数寥寥,有时候想约他单独吃饭,他要么没空,要么捎带上两三室友。就这么过了一个月,完全没体会到恋爱的感觉,她急了,跑到他宿舍楼下想问个究竟，等了好久，他才下楼来，沉默半晌，挤出一句：对不起，做不到。

不被喜欢的人青睐，不代表你不够好，只能说明，你不是对方喜欢的类型，于是任你怎么放低姿态去讨好、去委曲求全，都无用。正确的态度是，你很好，我也不赖，如果你喜欢我，我很高兴；你不喜欢我，我也不至于太难过。

爱是求不来的，相互喜欢的人之间表白才叫求爱，否则就是讨爱。

一段健康的关系中，两个人的相处一定是对等的。如果总是一个人追着另一个人跑，迟早要走散。正确的方式是并肩而立。

强者都喜欢势均力敌的关系，只有不怎么有本事又没自信的人，才会喜欢气势上比不过自己的人。何况，有时候人总犯贱，对于越是讨好自己的人，就越生出优越感，觉得对方一定是配不上自己，所以才这么努力来讨欢心吧？

怎样才能让喜欢的人喜欢自己呢？没有百分百奏效的办法，但不卑不亢一定可以增加对方喜欢你的概率。该展示自己的时候，大大方方，可以主动、可以付出，但不是讨好，不是自降身段。爱情没有长在地里，不是你弯腰才能捡到。

他不是喜欢你，
只是不想与任何人为敌

有一种人，属于大好人性格，这样的人做朋友很好，几乎不会做出让人为难的事或制造什么不愉快，但爱上这样的人就该痛苦了，尤其是当他不爱你的时候。因为大好人是不忍心伤害任何人的，尤其还是喜欢自己的人，所以即使他知道自己没法爱你，还是会对你好。这会让你产生严重的错觉——他其实是喜欢你的。

大好人知道你的心意，也配合你的暧昧，甚至表面上跟你打得火热，但心里跟明镜似的知道跟你没可能，但就是说不出那句对你没感觉，因为怕你受伤啊，怕你为此讨厌他，怕闹掰之类的。

大好人当然是不愿意跟人闹掰的，他们的理想不是世界和平而是自己的世界和平。而且说出来不是自打脸吗，既然都有打得火热的趋势了，再明确拒绝你，就有欺骗感情之嫌，大好人当然受不了自己被定罪。即使被逼问的话，大好人也只会说，我喜欢你啊，觉得你很好，但是是朋友

CHAPTER 1

的那种喜欢哦。

大好人享受被周围的人爱戴，对每个人展现nice的一面，但是又把距离拿捏得刚刚好，让你觉得他好像是喜欢自己的，但又不是自己的，好像关系很好了，但又隔着某种距离。

为什么说是大好人？因为他可能不图你的财也不图你的色，就是单纯享受这种友好局面。你对外提到他，是喜欢的人；他对外提到你，是我一朋友。

今天想到写大好人，是因为听朋友讲了一个故事。

故事的女主简称"白富美"好了，因为真的很白很富很美！白富美喜欢了一个大好人，据说是摩羯座，就简称"摩羯男"好了。白富美跟摩羯男认识之后，俩人线上经常聊天，也偶尔见面，很快就有了暧昧氛围。白富美本来条件也好，当然是相当自信地判断对方是喜欢自己的，不喜欢干吗跟我聊天？干吗跟我约会？于是表白了。

表白之后，摩羯男自然是用了一个大好人常用的烂俗借口——你很好，但我配不上你——拒绝了。在旁人看来，都知道这是借口，只有被爱冲昏了头脑的白富美觉得，可能对方真的是觉得自己条件不够好，所以不自信。既然这样，努努力就没问题了吧？于是白富美更积极了。

摩羯男依然发挥着自己的大好人本性，对白富美的主动都持友好且不拒绝态度，甚至白富美主动献吻，大好人也接受了。

这事怎么能拒绝呢，多伤人自尊啊！作为一个大好人，是不可以伤人心的，尤其是美女的心，所以就委屈自己一下吧。

这一下，让白富美更坚信了，对方其实是喜欢自己的。可只有周围的朋友知道，摩羯男亲口说了，跟白富美不可能，就是没感觉。

后来因为长时间得不到想要的结果，白富美终于决定放弃了，于是直接删了对方好友，眼不见心不烦，也省得自己犯贱再去联系对方。没想到的是，摩羯男又加了回来，甚至朋友圈也频繁互动，这一度又让女方以为他其实对自己是有感情的，但这一切不过是大好人在维护和平而已。

对大好人来说，他没理由讨厌你，觉得你人不错，虽然没有爱意，但这并不妨碍跟你做朋友，保持良好关系，于是他会回应你的热情，甚至心情好的时候会对你展现关切。而且大好人最怕的就是跟人闹僵、决裂，如果可以避免的话，他们会不计一切尽可能地挽回，但这些行为跟爱没关系，要说爱的话，也是他们在爱自己，不想自己善良友爱的形象被破坏，也不想内心对别人抱有愧疚而已。

大好人这样虽然不好，但跟渣男还是有很大区别的，因为大好人对你没什么目的，就只是想跟你做朋友，展现友好有什么错吗？如果态度决绝，显得自己不近人情，还容易导致你因爱生恨，大好人怎么可以被人讨厌？不行的，所以要友爱相处才对嘛。

甚至严格说起来，你都没有怪对方的理由，是你主动的，人家没说过喜欢你，没占过你便宜，对你友好也是出于礼貌，婉拒是怕你伤心，有什么错吗？

所以如果不巧，你遇到了一个"大好人"，那还是换个人喜欢吧，也别自欺欺人他其实喜欢自己。如果他喜欢你，也知道你喜欢他，早就快马加鞭去到你身边了，还有工夫周旋的，不是没想好，而是不想好。喜欢一个人哪需要考虑那么多，权衡利弊的都不是爱。

另外，即使你条件再好再优秀，也会有人不喜欢你的。白富美的照片我看了，真的很好看！男的可能瞎了吧。所以别不甘心，别跟自己过不去，换个人喜欢就好了。

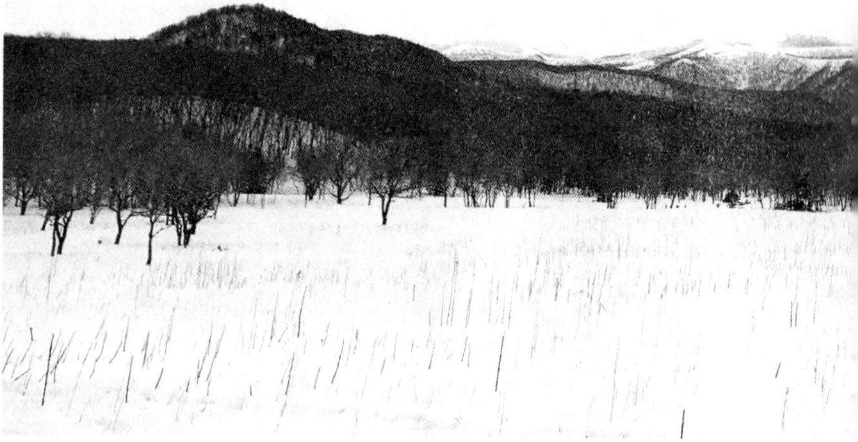

没有合适的年纪,只有合适的人

春节将至,一年一度跟亲戚们碰头的时候到了。最近经常收到私信,都在焦虑地求助被催婚的问题,有的甚至开始怀疑是不是自己出了问题。到了年纪就应该结婚吗?不结婚就会被当作另类?

大学同学纷纷嫁人了,表姐刚生了二胎,邻居阿姨家比我小一岁的女儿也怀上啦!大家都成双成对其乐融融,只有自己还不知道将来的结婚对象在哪里。小时候盼着过年,因为无忧无虑还有压岁钱;现在害怕过年,找不到对象无颜面对七大姑八大姨的问切,还得给各个表哥表姐的娃发压岁钱。

二姨说,你这年纪得抓紧了,别要求太高,再过两三年就没得挑了,不然落得被人挑。舅婆附和,是啊,女人的青春很短的。大姑点头,确实啊,差不多就行啦,这人无完人,差不多就行了,早点结婚好,你这年纪该结婚了……

当然，以上都是我想象出来的，事实上我个人没有被催婚过，可能因为我的年纪还不至于太老，也有可能家人比较开明，或者我的气场很足，让人不敢指手画脚，还有一个可能是我的战术管用，因为我经常反过来叫苦——找不到对象好惨啊，该怎么办噢，大家给我介绍对象吧！于是亲朋好友们都只是笑笑安慰我，你还小啦，不急，慢慢挑，怎么可能找不到……而且他们从来没有给我介绍过对象，可能是高估了我的择偶要求，也有可能是发现了单身靠谱小伙难觅的真相，但我觉得应该是后者。

以为我想单着，我不愿意嫁人？倒是得有合适的人想娶我呀！

所以要想不被催婚，首先得装可怜，让亲戚们知道，不是你不想找对象，更不是不想结婚生孩子，而是真的找！不！到！千万别一副我就是不婚主义的英勇就义姿态。

其实说起来长辈催婚的出发点都是好的，怕你老无所依，怕没人陪伴你、照顾你、心疼你，怕你不生儿育女将来无人送终……只是他们急切的时候忽略了婚姻的隐患也很多，病急乱投医只会吃苦果。

我一个人在北京，父母虽然没催婚，但内心也很希望我找个男朋友，毕竟一个女孩子在外，他们哪里放心，如果有人陪伴自然是好。有次我生病被爸妈知道了，老爸急了，催我对找对象这事上点心。当时我没理解到，只以为他们嫌我岁数到了，于是还气急地理论了一番。我举了很多婚姻失败的例子，说你们看那谁谁，结婚不还是离婚了吗？还有那谁，生了孩子老公也不管，离了婚自己带着孩子再嫁也难。虽说年纪大的女人贬值多，但轻易嫁人，过得不幸福再改嫁不是更贬值？一句句说得父母哑口无言，后来也没有再提过。

他们的期待我都明白，我自己又何尝不期待，可这世上最勉强不来的有两样，一个是出身，另一个就是感情了吧。

《剩者为王》里有段经典的话，在网上热转，是父亲说给女儿的。父亲说，她不应该为了父母结婚，不应该因为外面的偏见而结婚，她应该跟自己喜欢的人白头偕老，去结婚。昂首挺胸地，特别硬气地，憧憬地，像赢了一样。

婚姻只是形式上的东西，而快乐最实际，幸不幸福自己知道，所以不需要找个对象结婚给别人看。

没有所谓合适的年纪，只有合适的人，你遇到了，那就是好时候；遇不到，那就不是时候，还得再等等。不要为了脱单而脱单，脱单容易，但开心难。

我就觉得网恋很靠谱

在我高中的那个年纪，还没有微信、微博，QQ是最主流的聊天工具。那时候大家喜欢在空间跑堂，偶尔踩踩。在网络交友开始发达的时代，网恋也滋生得飞快。

印象深刻的是，当时班里关系比较好的一个同学跟我们说，她姐姐从四川飞到江苏去见网友了，我们纷纷感叹，天啊，胆子太大了吧，也不怕遇到坏人。毕竟当时很多对虚拟网络妖魔化的报道正铺天盖地——什么女子见网友被先奸后杀，男子被女网友骗去数万元存款……导致当时的我对网络有些畏惧，觉得那些陌生人十有八九都是坏的。然而，万万没想到，后来高中还没毕业，同学的姐姐就嫁到江苏去了，还跟"网友"生了个大胖小子。这件事情震惊了年少的我，原来网络上不都是坏人啊，还能找到真爱！

神奇的是，我人生中第一段感情也是网恋。当时一个陌生的QQ加我，我通过他的"请求"之后，问对方怎么找到我的，他说是在校友网看到了我的头像，觉得长得不错，就加了。我一听，这个理由很朴实，也很真诚，毕竟没人会加一个身份不明、五官也不明的人。

后来的日子里，对方经常给我发消息，我有空的时候就回一回，就这么有一搭没一搭地闲聊着。心情郁闷的时候跟对方抱怨几句，换来一些安慰。困惑的时候，对方会给提几句建议。吃饭了，睡觉了，出门玩耍了，都跟对方报备。虽然还未谋面，但想着有这么个人陪伴和关心着，就觉得很温暖。我过生日，他会给我寄礼物；我学吉他，练习琴很破，他花半个月的工资给我买了把单板。而每次我说要寄礼物给他，他都不肯，说我还不会挣钱。

时间不紧不慢，半年过去了，终于有一天，他说要来找我。

我跟爸妈说，我要见这个人，我爸坚决不同意，我妈也说万一是坏人呢，我说那这个坏人也太笨了，效率这么低，大半年了还没成功，又花时间又花钱的。后来终于说服了爸妈，见到了。

他跟照片里一样，不怎么帅，但一看就不是有坏心眼的人。因为有长时间的沟通了解，眼前这个人虽是第一次见，我却觉得有种久违的亲切。故事的后来是我们分开了，但回忆起在一起的那段时间，依然很美好。我也很庆幸，人生的第一次网恋，是遇见了他这样一个好人。

现在提起网恋这件事，会觉得很坦然；可当时却觉得，是有些难以启齿的，觉得网恋这件事本身就是很虚的、不正经的，也怕别人用有色眼光看待我的感情。

在这个流行快餐式爱情的时代，普遍都靠荷尔蒙决定爱不爱，在彼此没什么交流，也不了解的情况下，见一面，没什么感觉，就挥手拜拜了。还有的，走肾不走心，睡过了还不知道对方的大名。我之所以觉得网恋靠谱，是因为，它是先走心的。

他可能是你深夜失眠时的陪伴，是你失意无助时的安慰，是你烦躁不安时的情绪垃圾桶，你们絮絮叨叨分享彼此的生活，两个人越来越靠近，他知道你的缺点，你也知道他的不足，彼此间建立起的信赖和精神依赖，比所谓的一见钟情来得牢靠。也许他没有照片里那么高大，你也没有照片里那么皮肤光滑，可当已经发现彼此内心的美好时，外表的瑕疵就变得次要。

有个朋友，长相算是有点吓人，因为年轻的时候脸上长了很多痘痘，导致现在皮肤凹凸不平，不熟的人见到，甚至会觉得恶心。即使人真的超级nice，工作也不错，可快30岁了还是找不到对象，相亲失败无数次。说实话，只要是不眼瞎的女人，第一次见这样一个陌生男子，都不会有进一步发展的想法。可朋友现在结婚了，对象是他的网友。

我不清楚他们是怎么一步步发展的，但以我对朋友的了解，他幽默的性格和不低的情商，任何人跟他聊天，都是会很愉快的。而当彼此一步步打开心扉后，面容的缺陷，也就弱化了。

说这些，也不是要让大家迷信网恋。网恋是一个漫长的过程，比较适合慢热的人，并不适于所有人。当然也不能沉浸于线上，那不过是铺垫，最终还是要在现实中走到一起才算成功，毕竟你爱的是一个活生生的人，而不只是一个ID。

最后想说，其实挺讨厌"网恋"这个词的，只不过是结识的渠道不同罢了。

潜力股、绩优股怎么选

朋友最近在感情上陷入了纠结，深夜12点打来电话诉苦。听她语气沮丧，还以为是失恋了，问了才知道，人家纠结的点是爱自己的人太多，陷入了两难，求助我应该怎么办。

朋友从小是个"学霸"，在美国读完硕士回来之后在上海一家外企工作，高薪、高智商不是最令人羡慕的，最可气的是，颜值还高。各方面都"女神"的她，追求者一向不少，但让她陷入纠结的这还是第一次。

让她纠结的两个男人，我们暂且称他们为a男和b男。

a男属于钻石王老五，长相普通，掌控着家族企业的实权，基本跟了这人就此生无忧，可以混吃等死了。

b男属于潜力股，在创业，开了一家小公司，目前处于嗷嗷待哺状态，有可能倒闭也有可能崛起；论外形的话，b男属于男神级，朋友给我发了照片，像硬汉版的杨洋。

说到专一，以及对朋友爱的程度，都不相上下。a男属于土豪级，大手一挥就能送辆车，当然朋友没敢收。b男没什么钱，但是对朋友很大方，一两万的包包送起来也是不心疼。

我问朋友，你对哪个更有感觉？

朋友：从外形来说的话，自然是b男，你是没见过他弹钢琴的样子，迷死人了。

我：那就选他。

朋友：可是浪漫不能当饭吃啊！万一他公司倒闭了怎么办，说不定我还得跟着他还债……我也不是要对方多有钱，至少不能拖我现在生活质量的后腿吧？

我：那可不一定，万一创业成功，公司做大了呢？

朋友：我都26岁了，再几年就成黄花菜了，哪赌得起啊！

我：亏你还是海归，思想这么……呃……那a男呢？

朋友：a男啊，聊天的时候风度翩翩，中西文化都懂，侃侃而谈的，还很幽默，家世好还是不一样。

我强撑着困倦的眼皮，附和道：那不挺好，外表激发的荷尔蒙都是短暂的，人生伴侣还是得靠精神互动而不只是身体律动。再说了，a男说不定活好，就他吧。

此时通过电波我也能感觉到朋友翻了一个白眼。

朋友：可一开始就不能激发荷尔蒙也不行啊，总觉得少点什么。

我：所有喜欢的东西都可以搬回家，能激发你的荷尔蒙吗？嫁了a男你就可以安心做少奶奶了，我背上你厌倦之后的爱马仕指日可待。

朋友无视了我的调侃：你说怎样的感情才算纯粹啊？

我收起嬉笑：很难说，大部分人觉得，按照荷尔蒙行事，想接近那个人，那就不顾一切地去，甩开现实的羁绊，贫穷富贵都随他，就是纯粹的。而权衡利弊之后的选择，就是不纯粹的、势利的、不堪的。

朋友：你也觉得是吗？

我笑了：我是那少部分人吧。我尊重每个人的标准，不管选什么，都是纯粹的啊。身体上的欲望和物质上的欲望性质都是一样的，即使你爱的是物质，但其实也是享受了物质才获得愉悦，归根结底都是身体得到满足，没什么高低之分。不管你爱的是那个人的外表，还是那个人的钱或者才华，都是属于那个人的。如果有人爱我的钱，我也很乐意啊。

朋友也笑了：听你这么说，宽慰了我，因为一开始觉得自己在心里比较两个人的行为很卑鄙。

我：很正常啊，不会权衡利弊的是傻子，趋利避害是条件反射。人都自私，爱自己一定是首要的，那种不顾一切的爱情比中彩票还难。何况你跟这两个人都没一起经历过什么，毫无感情基础，都不爱，比较一下很正常。

朋友：是啊。那我到底应该选谁啊？

我：噢，我手机快没电了，明天再说，晚安。

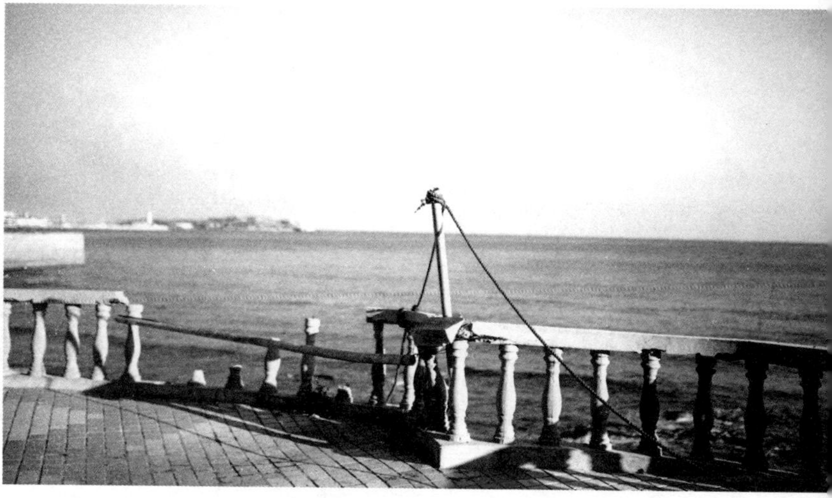

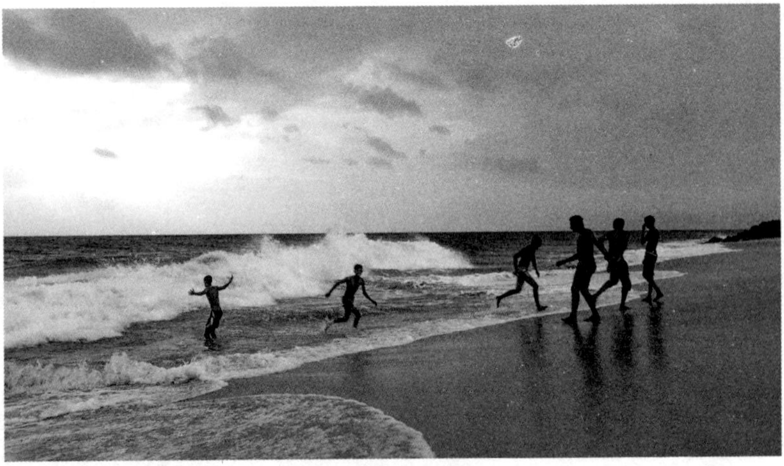

浪子回头有后患

"对象劈腿了,但又来求和好,我该答应吗?"收到过不少类似的私信,我从来没有正面回答过,因为很怕自己的话会影响别人做出不好的决定。

能问出这句话,说明心里还有对方,并且已经算原谅了一半,这时候外人的意见就成了左右其选择的砝码。如果有人说一句,既然放不下,那就给他一次机会吧,对方可能就真的回头了。可将来再出状况,承担风险的只有当事人而不是旁观者。如果一定要让我说,那我宁愿劝分,因为看过了太多坏例子。

小凡的男朋友前两年跟女同事出轨,当时大家盛怒之下都劝分,于是小凡的态度也很坚决——决不原谅。可对方悔改的态度也很坚决,把女同事删了,工作辞了,甚至买了钻戒求婚。于是戏剧性的一刻出现了,大家话锋一转,纷纷开始劝和了。"都做到这份儿上了,就原谅他吧。""男人嘛,难免犯个错,这都要娶你了,说明对你才是真心的。"洗脑般的话纷纷传进小凡的耳朵,于是她动摇了,和好了,结婚了。婚后第二年,

27

顺利怀孕了，孕期5个月的时候，小凡翻到老公跟网友的聊天记录，确认对方精神和身体都出轨了。现在离了婚，一个人带着孩子，成了单亲妈妈。

有时候不安分是刻进骨子里跟随一生的，你发现了对方的错，他表面上悔改，其实内心悔的是被你抓住了把柄，想着下次可不可以再大意了。

《失恋33天》里，老大妈说，冰箱都会坏呢，何况人，坏了怎么办呢，那就修嘛！这句话乍一听有道理，但得视情况而定，如果是在你还年轻貌美的岁月里他就对别人图谋不轨，那将来结婚了还怎么熬过七年之痒？何况你还没到要委曲求全的年纪。

对于浪子回头这件事，我是基本不信，正所谓江山易改，本性难移。而且，我也不相信自己有那么大度，即使对方改过自新，我这种小心眼也一定会觉得对方永远欠着我。所以浪子回头有后患，有时候问题不在于对方还会再犯，而是一次错误导致的信任危机，会让自己变得敏感多疑，对方也遭罪。而这笔"犯罪"记录又无法清除，所以与其坚守着相互硌硬，不如给双方自由。

小鹏是我学生时代为数不多的异性好友之一，他大学的时候谈了个女朋友，异地恋，俩人只有长假才能见上一面。男人没有女人那么敏感，逐渐减少的对话、不再秀的恩爱,这些都没有引起小鹏的警惕,直到有一次特意偷偷飞到对方的城市去想给她一个生日惊喜,等在宿舍楼下,才发现女生身边有了别人。

后来女孩解释,求和,说只是因为距离太远,自己难免孤单,也会想要人陪,但心里爱的还是他,说得声泪俱下,小鹏又心软了。

毕业之后俩人总算聚在了同一个城市,可以常常见面,但小鹏却因为之前的信任危机变得有些神经质,半夜女朋友手机响了,他会第一时间惊醒,拿起来发现不过是垃圾短信而已。女朋友说晚上有聚会,他就要没完没了地盘问跟谁、在哪儿、什么时候回家,还因为偷偷查对方的聊天记录被发现,俩人大吵了一架。

敏感多疑的小鹏变得不像自己,既苦恼,又改不掉。对方也被折腾得疲倦了,终于提出了分手。

感情里,责任感和信任感都是必不可少的东西,如果对方真的浪子回头,懂得了所谓责任,那么另一方是否还能找回足够的信任就决定了这段关系能不能重来。

见过一些人,有的为了维护家庭、为了孩子,勉强和好,继续装作平静地生活；有的各自在外面玩，心照不宣，只是因为利益捆绑，其实心里早都无爱了，同一个屋檐下，那个人却不过是一个类似室友的存在；也有的人，爱得深，对方犯再多次错，都还是忍痛笑着原谅。

《月亮和六便士》里，戴尔克带朋友思特里克兰德到家中养病，没想到自己的妻子勃朗什却爱上了对方，知道真相之后，戴尔克因为爱妻子，怕对方跟着思特里克兰德受苦，于是没有赶走他们，而是自己一个人离开了家。可后来思特里克兰德还是抛弃了勃朗什，这时戴尔克以为还有可能挽回妻子，于是三番五次回去求和好，最后勃朗什绝望之下割腕自杀，也没有再和戴尔克重修旧好。戴尔克是个可怜人，为妻子做了那么多，却换不来一丝感激，得来的只有厌恶和轻蔑。没办法，有时候人爱起来就变成一条狗，对方钩钩手指头，就摇尾巴。这些选择都无法定出一个准则，没有孰对孰错。

"遵从内心吧，心甘情愿就好，管它是对还是错。"如果再有人问起开头的问题，我决定这么答。咦，怎么听起来像劝和？

你这么优秀，一定有很多备胎吧

跟朋友聊到"为什么还单身"这个问题。

朋友说，是有认识不错的，挺有好感，但感觉他不怎么喜欢我，算不上积极，隔三岔五联系下，也不常见面，应该是对我不怎么有兴趣。何况他外表、内在、家境都不错，这么优秀，一定有很多备胎吧。不靠谱，还是算了。

我说，你知道单身狗的禁忌是什么吗？单身狗的一大禁忌就是乱给人贴标签。你看你这段话，几个硕大的标签——他不喜欢我、他备胎多、他不靠谱，直接给这段关系判了死刑。本来只需要互相喜欢就水到渠成的事，现在因为你贴的标签，给两个人的感情发展增加了难度。你会因为自己的臆断，不自觉地疏远对方，如果对方意识不到你是在考量，也以为你不喜欢自己，双方都退缩，那就难以发展下去了。

有人会说，真正喜欢一个人怎么可能轻易退缩？快别逗了，大家现在都很忙，哪有工夫在没感情基础的情况下一根筋喜欢你？你是长了baby的脸还是拥有思聪的钱？那种没有原因就一条道走到黑的喜欢都是小时候愣头青干的事了。现在的流程都是，互相看着还不错，也就是大家所说的有感觉，然后相处试试，而所谓的爱，都是相处之后累积起来的。如果一来就要求别人对你爱得掏心掏肺，那就太天真了，要抱着这种态度找对象的话，只能做万年单身狗了。

你这么优秀，一定有很多备胎吧？这句话听起来不知道是夸人还是骂人，但这样定义别人和被别人这样定义的人，身边比比皆是。

朋友A就是这样一个典型的例子，长得美，性格也好，但单身很久，大家都开玩笑说，一定是你要求太高吧！A笑笑说没有。但其实她偷偷告诉过我，自己很久没人追了。当时我很惊讶，后来一次聚会上我听别人提起A，才知道问题在哪儿。

那天聚会A没去，其中一个朋友C男问我她怎么没来，我说她外地出差去了。后来C喝多了，又跟我打听起A，问我A是不是有很多人追。这话问得我不知如何作答，实话说没有吧，可能会丢A的面子，但C男会这么问，肯定是对A有意思，要是说确实有很多人追，可能C就彻底放弃了。于是我没有直面问题，我说这个不太清楚，只知道她一直单着，还没遇到合适的吧。

果然，A被贴上了不缺男友的标签。

有时候人们喜欢一个人，但不一定会行动，因为考虑到失败的概率及成本。很多美女其实没人追，因为每个想追的人都觉得对方选择很多，自己胜算不大于是放弃，转而选择那些自己感觉更容易拿下的。

所以有时候越是优秀的人，越容易被剩下。但如果大家都这么想的话，竞争反而小了。大概这也是一些好看的妹子被一些不那么好看也不那么有钱的所谓靠谱男追到的原因。

不过给人贴标签，有时候也是一种不自信的表现，觉得自己搞不定对方，就把对方界定为不靠谱的"玩咖"，心里暗示自己，不是我搞不定的哦，是大家都搞不定。但其实没有绝对不靠谱的人，心理正常的人类都会渴望长久而单纯的感情，希望能遇见一个契合的人长情下去，谁也不想在人海里折腾。所以不是不喜欢你的人就是不靠谱，一个人对感情的靠谱程度跟你的魅力程度是成正比的。

被别人乱贴标签这事确实难以避免，但可以控制自己别乱去给别人贴标签。又要喜欢人家，又要去恶意揣测的话，还怎么脱单！长点心吧，老铁。

好看的脸蛋没太多，有趣的灵魂不算少

最近感觉全世界都在嚷嚷"好看的脸蛋太多，有趣的灵魂太少"，我咋就觉得好看的脸蛋不多呢！而且说这话的可是王尔德啊！一个颜值才华齐飞、有钱有地位的主，人家说起这话，大有孤独求败的架势，普通人说起这话感觉是在标榜自己有趣觅不到知音并且不是看颜值的肤浅之人。但其实说起来，好看也是一种有趣啊！不信把我送到彭于晏面前，我能端详他一整天也不觉得乏味。

以前我也觉得有趣是一件很重要的事，别人问我择偶标准，我说有趣的，后来有次又这么回答，遭到了朋友的嗤笑。现在想来真的很傻，有趣这一点，一万个人说，就有一万个标准。

其实每个人都有有趣的地方，只不过有的人愿意展露于你，有的人懒得对你有趣而已。如果你遇到一个人，他刚好让你觉得有趣，那么也不要期待太高，因为没有人总是能保持你所理解的有趣。见过很多在外风趣幽默的人，却从其伴侣的口中得知在家时像个闷葫芦，但说起来的时候

依然是愉悦的，大概爱就是欣赏他在外侃侃而谈，也接受他在家时疲惫地躺在沙发上装死吧。

如果合适一定要分为两种的话，那么一种是相谈甚欢，另一种是相顾无言却不觉得闷。

扯远了，继续说回有趣这个话题。此标准真的太玄乎了，世界在变，人也在变，可能这一天你感觉有趣的事情，再过几天就觉得不新鲜、不好玩了。可能你认为有意思的事情，对方觉得没劲，还有可能在你分享"有趣"的时候扫你的兴，跟预期的方向背道而驰。每个人的趣味点不一样，如果因为对别人的趣味点不合心意而感到乏味，那说明你的有趣也是局限的。而且人这辈子，大多数时候还是得自己找乐子，把趣味寄托在别人身上，早晚是要失望的。

周星驰有趣吧？喜剧大师，他创作的电影谁敢说不有趣？可据了解，他私底下非常闷。高晓松有趣吧？谈起历史什么的信手拈来，但如果听他一直讲，我可能会打瞌睡，因为我对历史兴趣不大，我才是对方眼里无趣的人吧。

既然每个人对有趣的理解不一样，那么把自己认为不好玩的人事定义为无趣，就有些不合理了。何况，真正有趣的人从不要求别人的思想多么丰盛，因为一个人就能撑起灵魂，不需要借助外人吸取养分。

他真的没那么喜欢你!

收到的大部分私信内容都是苦情少女在郁郁寡欢,可其实归根结底让人痛苦的就一个原因——他真的没那么喜欢你。

对你忽冷忽热,有时候秒回,有时候聊得热火朝天突然消失,于是你开始胡思乱想,他到底干吗去了,跟别的女人约会去了吗?死了吗?其实没有,可能只是聚会玩开心了,或者要回复的时候被打岔,就把你忘了而已。

有时候消失很多天,又突然出现,明明你已经在心里将他骂了千万遍,他却若无其事地接上你上次的话。这并不代表他想念你了或是有所愧疚,只是恰好,那会儿觉得闲,所以找你搭个话解闷。可是你又贱兮兮地原谅了对方,并且因为一个亲昵的表情或一句暧昧的话又开始推敲他喜欢你这件事。可当你一边自信一边怀疑一个人的感情时,他多半没有那么喜欢你。

恋爱很久了,但他从来不公开你们的关系,甚至家人朋友都不知道有你

CHAPTER 1

这么个人。你表示不满,他就找借口搪塞,类似家里规定要找本地女孩、朋友们忙诸如此类。你为此生气的时候,他也承诺说晚些时候带你认识,但迟迟不付诸行动,于是你觉得没有安全感,想着自己哪里出了问题,却没想过,只是他没那么喜欢你。

而让你纠结的根本在于,你以为他是喜欢你的,于是舍不得那一点情意,迟迟不肯转身,可只要你接受他不喜欢你这个事实,放下这段关系就没有那么难。

人这辈子,会被一些人喜欢,也会被一些人忽略自己的喜欢,没什么丢脸或不甘心的,认清事实,然后 move on 就对了。

我以前很喜欢一个人,虽然很少见面,但我们每天联系,说很多很多话,多到早已超出正常的友谊范围,他会说哪家餐厅好吃,要带我去,会关心我,安慰我,跟我分享心事……渐渐让我产生了恋爱的错觉。可是后来突然地,他不再主动给我发消息了,甚至我发过去的信息,他也很久才回或潦草应付。慢慢地,我们断了联系。

断联之后的那段时间很难熬,因为每天都忍不住去想,问题出在哪里?是因为自己说错什么话惹他生气了吗?还是别的什么原因?我不知道。直到后来我从别人的口中听说,他恋爱了,才终于释怀。

至于当初他有没有喜欢过我,我不再去纠结,因为即使有喜欢过,那也一定是喜欢另一个人更多,所以才没有选择我。而且他跟别人在一起已经是事实,再纠结一秒钟,都是对人生的浪费。

可能因为这一生得不到的东西太多了,于是少了执念,开始平和地接受一切得失。喜欢是真的,不一定要得到也是真的。在别人放过自己的时候,也学会了自己放过自己。

人在年幼时,总难免为一些匆匆而过的人伤神,只是因为见的还不够多,稍微遇上一个心仪的,就想牢牢抓住,甚至幻想长相厮守。可不是每一个喜欢的,都应该属于你。喜欢的东西,靠努力可以从橱窗里搬回家去,但喜欢一个人,对方不喜欢你,有时候怎么努力都没用。

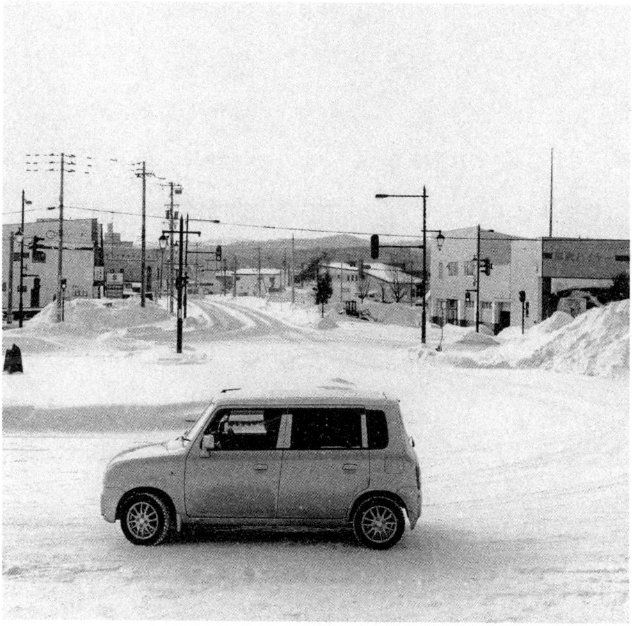

男人会对好看的女人自动赋予美德

前两天从某平台预约了一个淋巴疏通的项目,今天上午十一点,技师如约而至。简单打过招呼之后,我准备跟往常一样躺着装睡,料想也不会有什么多余的沟通,最多是问我要不要办卡,而我心里也已经为此准备好了台词——不办。结果大姐突然问我——找对象了吗?

由于语气过于随意,就像在寒暄今儿天气不错,作为两个刚打照面的陌生人,竟完全感觉不出有冒犯隐私的意思,于是我自然地接上话题,"没呢,太难找了。"

大姐说:"是啊,我一闺密,三十多岁了,找了五年都没遇到合适的,但前一阵竟然闪婚了,双方一见钟情,第一天见完面,第二天就双方父母见面,第二十四天就领证了。"

我惊,"这么厉害?"

大姐笑得咯咯的,"是啊,我也惊了。所以你那就是缘分没到,不急。"

接着大姐问了我的年龄,继续道:"你还小,更不急了。"

因为人们总是习惯性把比自己年纪轻的人称为年纪小,但为了早点结束对话我也不再狡辩。实际上跟我同龄的女孩子,很多都已为人母了,这咋能不急!!!于是我继续闭着眼睛装睡。

"你喜欢啥样的啊?"见我不搭话,大姐又冷不丁一问。

"啊?我啊,我喜欢上进的男孩子。"

"对对,我也喜欢这样的。必须得比我强点,让我服气,生出崇拜感。以前我谈了一个,性格啥的都挺好,对我也特好,但不上进,赚的比我少,我不乐意。我可以不花你的钱,但你不能花我的钱,还指望我养家吧?当时我要分手,我妈劝我,说你姑不也养着你姑父吗,谁说男人一定要赚得比女人多了,过日子嘛,对你好就行了。"

"那可不行,没本事的话,你会打心眼里瞧不起对方,这很影响婚姻和谐。而且婚姻应该是一加一大于等于二,而不是小于二。如果日子还没一个人过着好,那结婚图啥,要是出于喜欢也就算了,关键是那样的人你也不喜欢。"说完我为自己的激动有点不好意思。

"是啊！对我好，也得有能力对我好啊！不过我现在的老公就挺好的。"大姐很高兴，仿佛遇到了知音，加重了手的力道，摁得我想嗷嗷叫，最终还是憋住了。

"您结婚了呀？"我问。

"可不么，孩子都三岁了。"

"那挺好。找到各方面大体符合预期的人太难了，何况还得互相喜欢。"我说。

"是的，这女人找对象吧，要求很多，要经济不错、长相体面，还得性格好、对自己好。男人就不一样了，男人只要女人好看就行。怎么说呢，男人分不清谁才是真正的婊子，他们觉得好看且愿意跟自己好的，都是好女人。"

"他们会对好看的女人自动赋予美德。"我接话。

"欸，对对对！"大姐更高兴了，又问我，"你是做什么的？"

CHAPTER 1

"瞎写点东西。"

"哦,作家啊,怪不得,厉害厉害。"

中间省略几个回合的客套。

可能觉得之前的话题意犹未尽,大姐又把话题拉了回去,"你刚才说的那句,男人会对好看的女人自动赋予美德,我觉得太对了!我们家邻居,就是个臭婊子,年轻的时候给人当情妇,敛了点钱,后来收敛了,才嫁了人。这事是我一姐妹亲口说的,她跟她老公几年前在饭局上还见那个已婚老男人搂着她呢。但我老公不信,非说我是忌妒她,我忌妒她干吗!最可气的是,见到这婊子,我老公每次都笑得跟条狗似的摇头摆尾,比跟我谈恋爱那会儿还殷勤。"

"哎呀,你别多想,就是出于礼貌吧。"我安慰道。

大姐还想说点什么,闹钟提示时间到了。大姐自顾自地摁掉。"妹子,我还得赶下一个订单,今天就不给你多做了,不好意思啊。"

我笑笑,摆手说没事。暗自觉得这大姐挺有意思,跟我瞎侃了半天,一句没提办卡的事,想必是性情中人,不禁内心竖起大拇指。

43

临走了，大姐环视我的屋子，称赞说布置得真好，我说："好啥啊，你家才好，有老公孩子。"

大姐忙叹气："前两天还跟我老公打架来着，他还把我的手机给摔了。唉，不说了，我赶时间，下回再跟你讲。"

"那我办个套餐吧？"说完我自己都惊讶了，感觉脑海里有个分身在对我喊excuse me？！毕竟这年头主动送钱的人不多见了。

大姐说："好啊，你在我的页面下单就行，回头我给你减一百。"说完，消失在了门外。

站在原地的我竟暗暗期待起下次见面来。

谁不是学着去勇敢

CHAPTER 2

为什么大家越来越害怕结婚

身边的朋友们纷纷表示不想结婚，小部分因为性取向问题无法结婚，大部分还是因为对婚姻的不信任。以前大家热衷于结婚，是为了给爱情一个交代、对双方负责，所以领了证；再次点，是为了搭伙过日子，相互扶持；而现在大家为了对自己和他人有交代，倒不敢结婚了。每逢聚会，一定会有已婚的朋友劝未婚的不要急着结婚，更不要急着生孩子，生了孩子将来不一定能享福，但是不生孩子现在就能享福。大家笑得东倒西歪，点头如捣蒜，有道理有道理。

其实别说结婚了，现在有些人连恋爱都不想谈，觉得恋爱麻烦，干啥都得跟另一个人报备，想跟哥们儿熬夜看个球还得看女朋友脸色，过节了得花心思给女朋友买礼物，女朋友生气了得哄，得考虑这考虑那，图啥？游戏、手机都不好玩，还是钱花不完或酒不好喝？如果只是想解决一下生理需求那更没必要谈恋爱了，去夜店溜达一圈就能带走一个，睡醒之后大家互不影响，各自回到原本的生活，甚至联系方式都不需要交换。

47

现代社会哪里都是诱惑,而确定一对一的关系就得对抗诱惑,有的人索性就不谈了,反正成天瞎玩也挺开心的,何必为一棵树放弃整片森林。而有的人,想嫁反而找不到对象,对外宣称自己不想结婚,其实不过是找不到满意的罢了。现在人们经济条件普遍都好了,少有人为了搭伙过日子,急于嫁给一口锅;也少有人为了省一份房租,找个人挤进出租屋。这很好理解,因为当自身足够优秀时,眼界也开阔了,对伴侣的要求自然也就高了,怕结婚之后的生活还不如单身时,于是宁愿选择孑然一身。

很多人对于谈恋爱没问题,但一涉及结婚都心里没了底。决定一辈子的事,谁不惶恐?有的是对未来的不确定,有的是对自己的不确定。更重要的是,不是每个人都把爱情当作人生大事。

一朋友男,论条件的话找女朋友是分分钟的事,但却单身很久,被问起为什么不找,他说因为近几年都不想结婚,所以不想耽误姑娘。而跟前任分手,也是因为对方开始有意无意提起结婚的事,最后朋友纠结了很久,提了分手。我说,那一定是你不够爱,所以才分开的吧,真爱一个人不都是巴不得把对方娶回家吗?朋友笑着摇了摇头,说,每个人想要的人生不一样,我的梦想不是爱情。

我问,那你的梦想是什么?他说,目前是经营好公司,等以后彻底实现了财务自由,就去当赛车手和摄影师。这些需要消耗我大量的时间和精

CHAPTER 2

力，做一个恋人都只能勉强及格，更别提做一个丈夫或父亲。分手的时候，她说可以等我，但青春短暂，谁也辜负不起，即使舍不得，也还是没能坚持。

还有个朋友，前一阵分手了。朋友跟女友是异地恋，一直聚少离多，好不容易女方终于说服了父母，同意她到朋友的城市去，但前提是得订婚。

这下朋友犹豫了，本来相处就不多，切实陪在身边的时间加起来不到一个月，说起来对彼此的了解也不深，可对方为了自己到一个新的城市来，舍弃了太多东西，而这份付出能不能得偿所愿，决定权在于自己，压力未免太大。而且自己完全没有结婚的准备，甚至有点恐婚，于是思考再三，还是作罢。

不结婚的人，有的是因为恐婚，而有的人是无所谓那一纸证件。

认识俩朋友谈恋爱十年了，同居，挣的钱放在一起用，彼此父母也都见过面，日子过得跟结了婚没差别，开启一切婚姻模式，就差一场婚礼、一个证。有时候被大家问起什么时候结婚，朋友答，那张纸对我们来说不重要，我们也不打算要小孩，所以不是非结婚不可。何况结婚也不能绑住对方，如果注定要变心的话，那不结更好，这样对方想离开的时候也可以轻松一点。

49

这样开明前卫的态度还挺西方的，不过彼此都持同一态度的话，就很好。

看看周围，其实离婚的真不少，就跟分个手一样随意，可是结婚的时候，每个人应该都是抱着过一辈子的想法吧。说实话我也会为此产生不安全感，好像什么东西都不再牢靠。之前看朋友圈有人说，自己都不敢再指责别人出轨之类的了，因为不敢保证将来自己不会那样。所以人们不仅是对他人不信任，对自己也开始没信心了，于是开始恐婚。

但其实转念一想，有时候我们光顾着看那些坏结果，却忽略了这世上那么多正能量的爱情。如果你相信它存在，那就一定会有一个跟你同样的人靠近，与你相互依赖和陪伴，加班回家的时候为你留着灯和热的饭菜，生病的时候为你炖一碗汤，会有的。

哪怕人们嘴上说着这个世界的不靠谱，说努力赚钱才是正经事，要独立要强大要培养很多兴趣爱好，要旅行、健身、看书丰富自己，一个人也可以很精彩云云，可每一个严防死守的日子里，孤独还是会乘虚而入。你还是会在疲惫的时候，渴望有双手揉揉你的头发，拥你入怀，说句辛苦了。

你不能先对这个世界失望，否则世界就真的会让你失望。

错过就是过错

这个故事是我听来的。

她和他是大学同学，关系好到常让人误以为他们是情侣。可她有男友，从高二就在一起，毕业之后成了异地恋，几乎只有寒暑假能见面。他老玩笑似的劝她分手说，你这异地，跟守活寡有什么分别，赶紧分了我给你介绍帅哥。她总是翻个白眼，不接话。

他身边的莺莺燕燕也很多，女朋友换了又换，她这一红颜知己的位置却从没变过。他单身的时候，俩人的联系就会变得密切。常常以请吃火锅为诱饵，把她拐去网咖陪他打游戏，他"开黑"开得起劲，她在一旁看韩剧看得打瞌睡。他也会被她胁迫着去逛街，叫苦连天，却还是在她试衣服的时候点评着哪件更合适。互捧过互黑过，沮丧的时候给对方打气，得意的时候泼对方冷水。从班级八卦聊到人生理想，从鸡毛蒜皮聊到国家大事，却偏偏绝口不提感情的事。

他总是会突然结束单身，这时候她就会自觉淡出视线，以免对方女友介怀，而他也会默契地联系变少。如果他突然约她出去吃饭或者玩耍，她就知道他又单身了。

在她眼里，他确实是好看的，但也是危险的。万花丛中过，片叶不沾身，这句话可以完美地形容他，从来没见他为哪个姑娘伤心过，对每个都慷慨体贴，用的却不是爱。

有一次失联超过一个月，正赶上她出了状况——异地男友劈腿了。

失恋之下，她拿起手机，想打给他，犹豫了，又还是放下，关上手机去了那家网吧。

韩剧里男女主正甜蜜地卿卿我我，她在屏幕前却哭得一脸狼狈。突然旁边坐下一个人，递过来一张纸巾，她说着谢谢，扭头却发现是他。

他二话不说拉着她出了网吧，没有先问怎么了，而是大声责备，为什么不给他打电话。

她一直哭啊哭，不说话，他也一通沉默。突然手臂一伸，把她揽进怀里，抱得很紧。

他的手掌拂过她的后脑勺，一遍遍，像在安抚受惊的小猫。她的头顶正好到他的肩膀，于是眼泪鼻涕都蹭到了他胸前。

第一次靠他这么近，她感觉有什么东西在心里长出，像惊扰了山洞里成群的蝙蝠，黑压压一整片地飞出来，让她慌张，带着胃里打结的不安。

他的心疼，是爱吗？是真的在意吗？不不不，她说服不了自己，他对每个人都这样啊。现在这算什么呢？同情吧。于是事情的发展并没有像韩剧里一样，男女主终于在一起然后迎来大结局。

他什么都不肯说，她更是不愿意问，于是谁都不肯上前一步。正好有个男孩子跟她表白，她答应了。他也没再说什么，没有虚伪的祝福，也没有煽情的告白，再次默契地失联。

有时在校园里碰见，身边各自带着别的人时，眼神会飞速地碰撞一下，然后擦身而过，像从未认识过。

像是在赌气。

转眼已经毕业，她要去美国读研，临走的前几天，还是没忍住给他发了条短信：我要走了，去美国。

他秒回：你现在在哪儿？没有问去多久，什么时候回来，他问"你现在在哪儿"，他要找她。

看他风风火火地赶到，她赌了那么久的气，好像一瞬间都没了。俩人又回到了曾经的状态，他嘲笑她是不是又胖了，她说你怎么还没精尽人亡，大家故作轻松，绝口不提离别的事。

车飞驰在宽阔的滨河路上，她突然扭头问：如果我们在一起会怎么样？

他说：你不会想和我在一起的，我是什么样的人你又不是不知道，我根本不懂自己要什么。

她笑说：当然不想了，你这个渣男。心里却难过起来。

临走的那天，他送她去机场。他认真地开着车，她也没说话。

早上六点，北京的道路难得不堵。快到目的地的时候，她突然伸出手，抓住他的胳膊，说：不然你等我吧？

他扭头，惊讶了一下，笑说：好啊。

一年后，她回国，接机的依然是他，副驾驶座上却多了一个人。

他说：这是我未婚妻。

她愣了愣神，恭喜啊！

没有责怪他为什么才告诉自己，她哪有资格怪。

副驾驶座上的女孩看起来很温婉，没有女人对女人的警惕和刻薄，笑得发自内心，还夸她好看。确实是他喜欢的类型。

他结婚那天喝多了，她也喝多了。

一个大学同学趁酒劲问：你俩读书的时候那么好，咋没在一起呢！我们都觉得你们最配！另外两个同学也附和，是啊是啊！

她一阵慌乱，巡视一圈，发现新娘子在很远的一桌，确认不会听见，才放下心来。

他端着酒杯，笑了，说：人家才看不上我呢，我是个渣男啊！我的罪行她都了解，十恶不赦。我配不上她。

她知道这是玩笑,于是很配合地翻了个白眼,笑说:你自己知道就好!

众人也笑,继续推杯换盏。

不料,他却凑到她耳边说:我最大的罪行,就是错过了你。

她强装镇定,说:你喝多了。转身进了卫生间,哭得稀里哗啦。

故事到这里就结束了,很多细节在转述的时候已经丢失,可这场遗憾是完整的。

这世间,有很多错过,有的错在天时,有的错在地利,而更多的,错在人为。也许是没有安全感作祟,她不相信他,也不相信自己可以留住他。而他自信于莺莺燕燕身边,却自觉配不上她。明明都想留在彼此身边,却不知用哪种身份可以更久一些,于是眼睁睁看着对方身边的风景换了又换,怯懦着不敢上前。

当我想要靠近的时候,你去了反方向;当你折回来的时候,我又不在原地了。

有些话,没有在适当的时候说出来,过了期限,就再也开不了口。如果

CHAPTER 2

在心动的那一刻，大方地说出来，不逃避、不挣扎、不害怕，那结局会不会不一样？

有时候人们总是偷懒，把命运交给虚无的缘分，可缘分，在遇见的时候就已经耗尽，而剩下的故事，需要我们自己靠努力去拼凑一场圆满。每一场错过，都有你我的过错。

而人生那么短，喜欢，就应该相互纠缠。

别去猜他的心思，去验证

朋友最近喜欢上了一个人，但搞不清楚对方喜不喜欢自己，于是变得神经敏感。

对方评论或点赞了自己的朋友圈就欣喜若狂，几天不主动找自己说话就失落到家。反反复复，捉摸不透，像玩起了猜谜游戏。

正当朋友对两个人的关系心灰意冷之时，发朋友圈抱怨要搬家，对方一个电话打来问要不要帮忙，顿时又满血复活。本以为一来二去关系会更亲密，可对方又几日没了消息。

朋友花了不少时间把俩人相处的细节跟我娓娓道来，目的只是让我帮忙分析对方喜不喜欢自己。

我说：先别管他喜不喜欢你，你只需要确定好自己喜欢他，然后去做自己想做的事情就好。

你想找他说话，那就找；你想跟他见面，那就见；想知道他喜不喜欢自己，那就主动去求证。别怕什么女人不能主动，也别想什么套路，靠套路得来的，依然会被别的套路抢走。答应了更好，拒绝了也无妨，好歹有个结果，省得再胡思乱想。

朋友说：不行，我脸皮薄，从来没主动跟男孩子表白过，要是被拒绝了很丢脸欸，到时候连朋友都没得做。

我说：真情流露有什么好丢脸的？人就是容易把所谓的面子啊自尊心什么的看太重，其实除了自己没人在意。何况喜欢一个人本来就该是光明正大的，有什么可藏着掖着？至于做朋友，你缺朋友？跟喜欢的人做朋友，跟做备胎有什么区别？何况这件事还是在于你心里的坎儿，只要自己不觉得尴尬，男人是不会拒绝和喜欢自己的女孩做朋友的。

朋友还是拿不定主意，说：他一定是不喜欢我吧，不然怎么可能不主动？喜欢一个人不就是想天天见到对方，想跟对方说很多话，想占有，想让对方只属于自己？

可或许对方也像你这么想呢？

讲真，判断一个人爱不爱你这件事，其实有时候真没准。有的人就是不爱发信息，不见得就不爱你；有的人对每个人都暖，不见得就是爱你；有的人天性大方，对你出手阔绰也不一定就是真爱；有的人腼腆，对你高冷不见得就没心动……

所以该怎么办呢？喜欢就往前冲啊！老琢磨别人心思没用的，就像《请回答1988》里面，朋友们告诉德善——善宇喜欢你，于是德善上了心，心心念念无数个日子，却发现对方喜欢的是别人。后来朋友们又告诉她——正焕喜欢你，德善又傻傻地把注意力集中到正焕身上，事实是正焕确实喜欢她，却深藏着心思，不肯言语半句，如果不是上帝视角，根本不会知道正焕喜欢德善，这样的被动，导致俩人错过。可到最后，德善发现了自己的心意，才恍然大悟，她喜欢的是阿泽啊！伸着脖子凝望了一圈找那个喜欢自己的人，却忽略了，自己喜欢谁才是最重要的。

以前不懂得争取，遇到喜欢的人总是不自信，看别人不积极就放弃了主动，现在发现比放弃自尊和骄傲更难的，是遇到喜欢的人。

写这篇文章的时候，朋友已经跟喜欢的人恋爱了。嗯，朋友主动表的白。

前些天对于"女生在感情里该不该主动"这个问题，问了几个好朋友，两个女生的意见都是不该主动，觉得主动没有好下场，只有一个女生说，

CHAPTER 2

自己比较直接,是会主动的那种,并且真的靠主动追到了喜欢的人。最后问到三个直男,其中两个都说,女生还是别主动得好,还有一个说,站在男人的角度,我是希望女生主动点的,但也确实觉得不会有好结果。

于是就这个问题,又发微博问了下粉丝的意见。

有人说,林夕说喜欢一个人就像喜欢富士山,可以看到却不能搬走他,唯一能做的是走过去争取自己的爱人。少有人幸运到喜欢的人也喜欢你,更多的我们都要去追求自己的爱人。有人说主动就不会被珍惜,其实珍惜是两个对的人在相遇时的本能,和主动没关系。遇到喜欢的人多不容易啊,还能计较谁主动了三分谁主动了七分?

有人说,主不主动无关乎结果,我喜欢你,我就黏着你了,你讨厌不喜欢,伤了我的心,我就不主动了啊。主动是我想要做的事,不主动也是我想要做的事,跟你有什么关系呢,主导权不应该是在你那里的。

有人说,这个要看男生方面的人品和性格,每个人想法不同,也确实有被追到以后加倍地对女生好的那种男生,还是看人。女生可以主动,但是要把握好分寸。

有人秀恩爱,说死皮赖脸主动追男神追了大半年,追到手了。追的时候

61

冷得像冰山，追到了之后简直温柔得一塌糊涂，现在很幸福。觉得女生有喜欢的就要自己努力把握，除非觉得自尊比爱情重要。

有人说，没有所谓主不主动，最好的关系是相处的时候自带暧昧，自然而然就在一起了。

有人说，有本事的引诱对方主动，没本事的才死缠烂打。

有人贴出了日剧里的经典台词——小孩子才表白，成年人都是相互勾引。

看起来每个人都说得很有道理的样子，但其实定律是没有用的，感情不像数学公式，严谨地算下去就不会错，感情是你知道的道理越多，就越谨小慎微，继而更容易犯错。倒不如轻松做自己，与其一个人纠结，猜来猜去，不如爽快求个答案？不过权衡点在于，到底是纠结个没完没了比较痛苦呢，还是得到坏结果比较痛苦？自己决定吧。

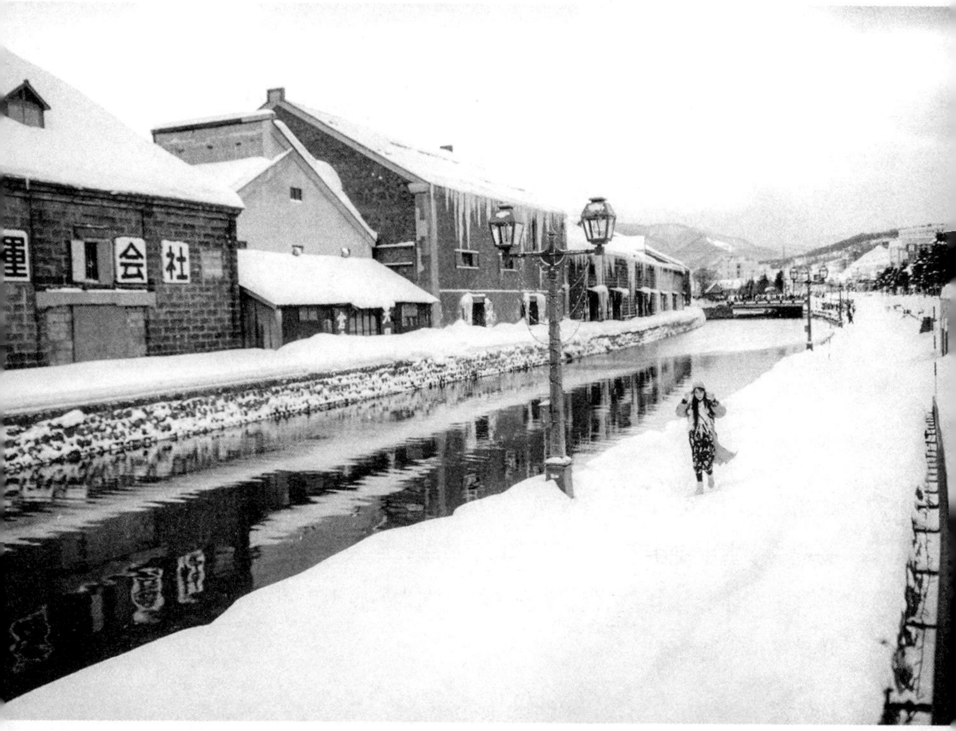
会 社

如果相爱，请早早表白……

你分不清对方回复少和慢是因为忙还是不够耐烦；分不清对方约你玩是无聊打发时间还是想见你了；对方一副要追不追要爱不爱的样子，你分不清是慢热还是玩玩而已。你猜来猜去，不敢问，也不敢退。明明很着急，自尊心却迫使自己表现得云淡风轻，眼瞅着真心都放凉了，却不敢开口问一句，你到底是不是认真的？

说是朋友吧，可每天说早安晚安，小心事都抖搂了个干净，亲密得鸡毛蒜皮的小事也要分享，一起看电影、吃饭，眉眼唇齿间都是亲密，连服务员都把你们当作了情侣。说是恋人，可对方也没表白，于是你陷入了不清不楚的被暧昧。

有人说，两个人"友达以上，恋人未满"，互相喜欢又还没捅破窗户纸之前的状态最美好，可这前提是相互喜欢，如果只是你动了心，而他只是玩玩暧昧的话，还美好得起来？

爱动真心的人不适合暧昧，暧昧只适合两个心照不宣的"玩咖"。两个人从认识到确定关系，是需要时间没错，但如果已经熟悉到一定程度，也约会过很多次，男方却还不表态的话，有九成可能是不够喜欢。

闺密最近跟一个男孩子就处于所谓的暧昧阶段，微信没日没夜地聊，还邀请闺密去家里做客，亲自做了西餐，吃完两个人聊到深夜，再开车送闺密回家。其间规规矩矩，什么都没发生。

有人说，这个男人靠谱，不是骗炮渣男，这说明想跟你长远发展。有人说，都这样了，还没发生什么，说明对你不感冒。

闺密困惑了，甚至不确定这算不算是在追求自己，可每次约会分明都是对方邀请，也主动对自己好，但又未曾表露过一丝心迹，每句话都拿捏得刚刚好，似撩非撩。

闺密跑来问我怎么办，自己会不会被套路了？我说，这世上套路千千万，唯一的防套路秘诀就是不动心，可你现在已经动心了，想弄明白对方的想法，靠猜肯定没辙，只能问对方要结果了。

于是在一次对方约看电影的时候，闺密问，我们是什么关系啊？对方很诧异，为什么这么问？我们是朋友啊。

闺密追问，只是普通朋友吗？我可不会跟一个普通异性朋友成天没完没了地聊天，更不会深夜跟他去看电影。如果我们永远只是朋友的话，那你找别的"朋友"陪你看电影吧。

对方沉默了一会儿，回，我明白你意思，我觉得你蛮好的，但请容我考虑一周好吗？

闺密强忍怒火，我觉得我们认识的时间已经够久了，彼此也算了解，如果你之前没有考虑过，那现在也不必了；如果还没考虑清楚，那更不必了，我需要的是毫不犹豫就选择爱我的人，而不是被当作一个商品，容许人们在货架前走走停停。

如果你的爱需要思考，那我多像乞讨。而真正喜欢你的人，不会犹豫、不会不确定、不会总是让你等，因为生怕怠慢了一点，你就被人抢走了。

收到过不少私信问，喜欢的男孩子出国留学了／当兵去了，要不要等？

等？看用什么身份。即使相隔万里，要跋山涉水，若你我坚定，那不怕等。但若连个身份都不肯给，凭什么让人等？别费工夫跟不喜欢自己的人周旋，即使再喜欢，也不要像个备胎。

人生太短了，等来等去，有时候只等来年岁长。不如敢爱敢恨，如果喜欢，那就在一起，若有不合适可以再分开，人生太短，拿得起，错得起，就是等不起。如果连试一试都要犹豫，那不如干脆放弃。

想起2014年发的微博：

"如果相爱，请早早表白，早早相恋。如果不爱，就早早分开，早早相忘。人生太短了，别磨蹭。"

若你爱的人此刻隔着距离

她跟男友是大学同学，毕业后跟大多数情侣一样，难逃劳燕分飞。

男友因为家里安排，留在了成都发展，而她，来了北京。可毕竟大学谈了两年，一时割舍不掉，于是俩人还是保持着联系，谈起了异地恋。

女方是河北人，又是独生女，家里肯定希望她留在北京，离家近。男生是成都人，从小的交际圈都在那儿，家境也不错，父母安排的工作前景也很好，要来到一个陌生的城市从头开始又谈何容易。

有人说，你们不出一年，绝对分手。她一脸不服，说，怎么可能，我们肯定会结婚。

"再难也要在一起"这样的爱情誓言说过无数次，可双方都迟迟没有做出妥协。果然，不出一年分手的诅咒就应验了，甚至都没出半年。没有哪方劈腿，和平分手，她提的。

一个人看电影，影院黑黑的，不小心踩到一个女生的脚，被其男友呵斥的时候，多希望他也能站出来护着自己。

一个人吃饭，吃到头发，服务员拒不认账，还反咬她想讹人的时候，她沉默着埋了单，回到家一个人哭得稀里哗啦。多希望当时有他拍桌而立，替她出气。

下班回家发现水管坏了，弄得满屋狼藉，地板上都是水，地毯、拖鞋全都湿漉漉地躺在地上求救，她一个人收拾到凌晨。他发来消息，睡了吗？她回，好累啊。他说，那快睡吧，晚安。

感冒了，他给她寄了药，药到之后病情已经加重，开始低烧。最终，这段感情还是没能熬过去，她提了分手。再快的物流也缩短不了那一千多公里的距离。

不是不爱了，只是你总不在，慢慢地，我就习惯你不在了。哭的时候，需要被一个人搂在怀里安慰，而不是快递来一包纸巾；痛的时候，需要有个人吹吹伤口，而不是寄来一盒创可贴；被人欺负的时候，需要有人站出来给自己出头，而不是一通安慰的电话……而那些短暂的相聚，不过是杯水车薪。

发现一家不错的店，想着等你来了一起去吃，可还没等到你，店就倒闭了；遇到一件好玩的事，想着等你忙完了再跟你分享，可等到大家都空下来，过了时效，又觉得不那么有趣了，于是不再提。

有了矛盾，本来一个拥抱或亲吻就能化解，可是太远了，看不到她的脸，够不着他的手，语言变得苍白无力，说什么都失去了温度，暖不了那颗心。

再浓的爱，也难免被距离稀释。当想念只能通过手机传送，爱意只能经由快递转达时，爱就会成为累赘。一段关系里，充满了埋怨，却又不是谁的错。

距离，才是异地恋之间最强的情敌，你打败了时间，忍住了诱惑，却还是敌不过那段距离。我爱你，却不能切身陪伴你。

最怕的是后来你跋山涉水地去，对方却早已习惯了身边没有你。

若你爱的人此刻隔着距离，请早一些相聚吧。

此爱隔山海，山可攀，海可渡。

你以为他不懂爱,直到看到他爱别人

石头跟苦追了大半年才答应他的女神掰了,只谈了两个月,石头提的分手。女神吃惊了一下,没有问为什么,淡淡地离开,痛苦不堪的却是石头。

石头找我们喝酒解闷,啤酒一杯杯灌下肚,话匣子打开来。

在一起之前,石头是女神的免费劳动力,随叫随到,搬家、收拾家务都是石头一手包办,女神没脏一个手指头。平时女神无聊了要逛街、生病了要陪护,石头也是第一时间赶到,甚至女神出去旅游,猫毛过敏的石头也要坚强地戴起口罩与其爱宠共处一室。

本以为会备胎到老的石头,两个月前的某天,突然收到女神紧急传唤。石头匆匆赶到,女神泪眼汪汪地扑到他肩头,放声大哭。石头吓坏了,忙问这是受什么委屈了,姑娘避之不谈,呜咽着说,这个世界上还是你对我最好,末了抬起泪眼问他,你还喜欢我吗?幸福来得太突然,石头愣了一下,然后慌忙点头。泪眼滂沱间,两个人总算是在一起了。

女神平时总是一副冰美人姿态,从来不主动过问他。常常是热乎乎的想念传达过去,对方只回一个冷冰冰的表情,更是不曾主动对石头说过想念的字眼。出去应酬的时候,被夺命连环call的哥们儿羡慕石头的自由,可石头却一点儿也高兴不起来。有时候一起约会,她也总是心不在焉。石头不是没往坏处想过,但一问起怎么了,对方总笑笑说没事,或者说想家了、工作累了。从来都是御姐范儿,不会撒娇、卖萌,石头理解这是性格原因。虽说有些遗憾,但是能跟女神在一起就是万幸了,哪还敢奢求更多。

分手的前一天夜里,女神留在石头家过夜。凌晨一点,女神睡去,石头半躺在床上对着电脑加班。突然手机发出振动声,石头下意识地拿起,快速滑开,打开后才发现拿错了手机。想关掉却已经来不及,屏幕上的字眼刺痛了石头,翻了几页,手颤抖起来。

她跟他撒娇、卖萌,每天嘘寒问暖,说想念,说晚安。原来那些她不是不会,只是不想对自己那般。

当石头提出分手,对方还是保持着女神气场,面带微笑,淡然地说着再见,祝你幸福噢。剩下石头一个人买醉,他想起她哭着投入自己怀抱的那天，分明是在为另一场分别难过。她不是会坦然面对分别的人，不是不会心痛，只是为了别的人才那般。

有时候人们趿着那双不合脚的鞋走啊走，分明都磨破脚了还舍不得换，想着再穿穿就合适了，结果却是两败俱伤，而更残酷的是，有的人穿上就能走。

小蕊前一阵也分手了。男朋友性格急躁，稍有不顺就发脾气，说很多难听的话，然后冷战。一开始对方会主动认错，后来每次都是小蕊先低头，才和解。分分合合无数次，最后都因为那句人们劝和时常用的"他就是脾气差点，心眼不坏"而回了头。吵吵闹闹了两年，在一次长达一周的冷战后，小蕊提出了分手。默契的是对方也没有再主动联系，曾经说了无数次诀别的话都没散，这一次什么都没说，却真的分了。

激烈的离别，大多是因为还有不甘或不舍，所以走的姿态难看，而真的不爱了，都是轻轻地抬一抬脚尖，转身，连个脚印都不曾留下。

后来小蕊在一家餐厅遇到了前任，对方身边坐了新的女孩子，打扮妖娆，声音甜嗲。女孩子显然是不高兴了，皱着眉，迟迟不动筷子，前任一脸手足无措，往女孩碗里夹菜，哄着对方，宝贝，生气就不好看了噢。小蕊苦笑，慌忙逃到了远一些的桌位。

你以为那个人不懂爱，直到看到了他爱别人时的样子。

爱是什么？有时候它像眼睛里的一层滤镜，拼命去美化对方，在心里替他解释，他只是不懂得、不擅长，然而在看到他爱别人的模样时，滤镜碎掉，才幡然醒悟，原来他只是没那么喜欢自己。

你分不清楚对方是不是真的喜欢你？那你想想自己喜欢一个人的时候什么样，对方就应该是什么样。人虽性格迥异，但爱起来的心绪是相似的。喜欢你，就会在意你，心疼你，怕失去你，捎带着收敛起一点自我，而没那么喜欢你，才会放肆地做自己，藏不住一切的坏脾气，舍不得多给点柔情。

有些人，你以为他不会爱，直到看到他爱别人，才明白那些温柔与痴情，不是没有，只是给了别人。那就算了吧，彼此喜欢的两个人，会自然而然地靠拢，而你一个人跋山涉水地去，是走不到头的。

爱情不是永恒的，但追求爱情是永恒的

"爱情不是永恒的，但追求爱情是永恒的。"这句话我一直很喜欢，是廖一梅老师说的。但这话无论怎么看，都透着悲观。

爱情会随着新鲜感的减少或缺点的暴露增多而消耗没，但荷尔蒙的分泌减少，人类追求爱情的欲望却不会减少，于是这就引发了悲剧——出轨。

在互联网没有那么发达，还不能频繁看到明星出轨成为头条的时候，我第一次知道人会出轨这件事，是在小学。

那时候家里有个亲戚做生意发达，跟下属出轨了。姑且称此人为叔叔，当时阿姨很崩溃，还叫上人去打小三，然而结果是，小三确实被打了，但叔叔并没有收敛，随后又在外地找了一个，这下阿姨想打也够不着了。至于阿姨为什么不去打叔叔，一是因为掌握着家里财政大权的是叔叔，阿姨没有什么发言权；另外一个原因是阿姨舍不得离婚，怕对方离开自己，怕拆散家庭，于是忍气吞声。忍着忍着，日子倒是过下来了，听说到现在还继续过着，俩人都年过半百，膝下儿女也踏入社会了，叔叔终于变得安分。看起来家庭圆满，体面光鲜，只是阿姨心里的疮痍怕是这辈子都愈合不了了。偶尔听到其他人议论起他们的往事，都说阿姨很可怜，言语之外都是嘲讽和同情。即使事情过去了很久，拿若无其事当遮羞布，在别人看来也不过是皇帝的新衣。

这件事当时可谓震碎了我的三观，在大人们的讨论之下，小小年纪的我得出的结论是——男人有钱就会变坏。并且后来此结论解释了为什么很多条件不错的女孩子嫁给一些老实巴交长相"钱途"都不出彩的男人，最大的理由是觉得对方安全，因为看起来老实、靠谱，但更多是因为没资本造反吧。条件平庸可以减少对其他异性的吸引力，没资本勾引别人，别人也没兴趣勾引他，这就成了所谓的被动靠谱。可后来看多了新闻以及身边的糟心事，发现并非如此，花心是大部分人的天性，跟自身条件没有直接关系，比如很多又穷又丑的农民也背着老婆出去嫖。而真正的靠谱，应该是条件优秀且能自我约束的人，至于约束力不够，也不懂得责任的人，无论自身条件如何，都跟靠谱没半毛钱关系。

自身和周遭条件可以限制和激发一个人的贪念，但不能消除人生来就有的欲望。而欲望，乃是万恶之源。

我想起互联网上一个很俗套却又不得不承认有些写实的笑话，说的是把一男两女关在岛上,女的其中一个为美女,另一个为丑女,一开始,男人毫不犹豫就选择了那个美的,但时间久了,热情逐渐被消耗,兴趣点就落到了新鲜的人身上,继而选择了丑女。于是后来听说某某女友超美,却劈腿找了个远不如女友的,也不再惊讶。人性如此嘛,激情需要新鲜感。吃久了山珍海味的人,看到路边摊也会嘴馋。

常有人感慨,从前的爱情如何单纯,但说来残酷,有时候从一而终不过是别无他选罢了。一旦有了更好的选择,欲望就会引导人走向对另一个人的辜负。当然,如果可以不用二选一的话,人们是愿意一并收下的。

我记得很早以前有个读者跟我私信,说有个同事跟自己表白了,因为经常往来,不知不觉也对这个同事产生了感情,但自己是有女朋友的,虽然是异地,但很爱自己的女友,而且定好了年底结婚,问我怎么办?

一边是承诺,一边是眼前的欲望,哪一边都想要,都难以割舍。但能怎么办,只能二选一。这个道理问的人自己心里也清楚,说是提问,不如说是找个树洞忏悔,因为即使没有做什么,心理上也已经动摇了,这种动摇也是罪。如果能不伤人地共享两份爱,怕是早不纠结了,而纠结的根本,是想拥有a,亦害怕失去b。

明明问的时候心里已经有答案了,为什么还要问出口?不过是因为贪心罢了，奢望着有个人能给出两全的办法，或是往自己的私心里推波助澜一下。我自然做不出那种事，于是回，问我也没有用，只能二选一。对方想了想，最终还是拒绝了同事。

这个例子说起来还算正能量，但其实是爱情里少有的安全。这是在对原伴侣有感情的基础之上，如果换成是激情早已耗尽的情况，估计早就投奔进新的怀抱了。

还有一些人，因为利益或孩子，不舍得抛弃原有的感情关系，却又管不住心思追着所谓的爱情去。离婚吗？对家庭不负责。不离？对自己不负责。可究竟有没有一条路，能体面地成全我们对爱情的浪漫幻想，不伤人，也不委屈自己？这样的两全，怕是没有吧。

爱是需要时机的

时隔半年,小如追了很久却失败了的男神回头找她了,不知是因为小如瘦下来变美了,还是因为男神确实想明白了小如才是对自己最好的,总之男神突然变得非常坚定,大有非她不娶的架势。按理说小如对此事的反应应该跟小时候过年一样喜庆,但她却迟疑了。

你还在犹豫什么,难道是怀疑其中有诈?我问。

小如摇摇头,不是,是因为对他再没有期待了。过去我眼巴巴地盼着望着,希望他能多看我一眼,多喜欢我一点,第一次如此强烈想得到一个人的青睐。那时候我们相处得很好,确切来说是我对他很好,后来我表露心意,他拒绝得很干脆,说一直把我当好朋友而已。那段时间我过得非常煎熬,开始看治愈人心的鸡汤,也做很多事情来分散注意力,终于一点点好起来了。虽然回忆起来,还是有些遗憾,但至少我能坦然接受这场遗憾了,也不再难过。可能当初喜欢他的时候把力气都用光了吧,现在已经没有执念再去重新接受与付出。

听完我拍拍小如的背，我说我明白。

很多年前我也像小如一般喜欢过一个人，当时因为对方的决定，我们没有在一起，可是当我放下一切准备跨入新的生活时，对方来挽留我了。想来想去，还是没有回头，即使后来心心念念了很久，也没有回头。

回忆当时的心情，说不上来具体是为什么，总之就是异常坚决，一定不能回头。一部分原因是心里憋着一口气，凭什么让我走就走，让我回来就回来？我是皮球吗，你说踢就踢？而更多的是没有了安全感——总害怕轻易回了头，又再次被放弃，那种伤心，一次就够了吧。

当我已经习惯你不在之后，你回不回来，就无关紧要了。

有时候人们不明白，为什么当初那个爱自己爱得像条狗一样的人，说变就变了。以为招招手，它就能像从前一样摇着尾巴冲过来，结果却是你冲它喊破了嗓门，它也不再多看你一眼。就像一堆受潮的柴火，任你热情再大，也点不燃了，毕竟当初打湿我的那场雨，是你亲自下的。

很多人是在爱过了别人之后才学会爱自己的，当付出得不到回报，当热情得不到回应，当把匕首交到对方手里，却遍体鳞伤之后，你才突然学会了心疼自己。你看着那些伤口，明白都是自找的。即使有天，对方放下了匕首，你也难以心无芥蒂地张开怀。

失而复得是一个美好的词，可是当久失而无复得的时候，人们可能已经有了新的替代，或者不再需要了。又或者是因为曾经失去的打击太大，导致生怕它回来了又再失去，所以索性不要了。

爱是需要时机的，像一条抛物线，如果在到达最高处之前没有被接住，就会急急地摔下来。于是那些明明曾经很喜欢的人，突然某一天就再也眷恋不起来了，因为那种使出浑身解数却扑了空的感觉，体验一次就够了。

只要你认可的他刚好有

再次见到花姐是在成都,那天我在春熙路做头发,她说一定要见我一面,于是开着车特意从龙泉赶过来。五点多她到了理发店,而我正在犯困,她拍我的肩,我才睁开眼睛来。花姐穿着黑色长靴,配小短裙和鸭舌帽,指缝夹着一根香烟,女人味十足。我打趣她,不愧是成都富婆,一股子大姐大的范儿。花姐笑得咯咯的,露出小酒窝,一瞬间被打回了小女孩。

直到八点的时候,才做完头发,我一脸歉意地看着等了我三个小时的花姐,她说没事,上次我在北京做头发你不也陪了我三小时嘛。我笑,看来这下清账了。

花姐家就在春熙路附近,我跟着她回了家,她点了平时最爱的烧烤,我俩边吃边聊了起来。她说今年一定要把自己嫁出去,家里已经催得不行了。

我惊,你不是有男友吗?

花姐吸了一口烟，明天准备跟他摊牌，提分手。

我又惊，为什么呀？

不合适。花姐吸了一口手里的烟，语气轻飘飘的。

花姐的男友谈了四五个月了，家里给介绍的，对方家境还算殷实，但自身没什么能耐，三十岁，在国企一个月赚五六千元混日子。不过挣钱少倒不是主要问题，如果因为钱，花姐一开始就不会答应交往，主要问题在于混日子。

花姐属于特别能折腾的人，光是工作，一个月不算奖金，基础薪资就一两万元，同时还在外面跟人合伙投资生意，每月能分成几万块，这样的收入一个人自然也能活得有滋有味，择偶标准首要的条件当然不是要对方多有钱。现在这任虽然收入不如自己，但性格好，对自己也不错，家人对其也算满意，那就培养培养吧，男人嘛，大器晚成一点也正常。于是花姐努力把男人带进自己的一些合作项目，想着带他奋斗，可对方却一点儿也不积极，交代的事情也经常忘记完成，于是花姐彻底绝望了——不上进！当把一个人贴上不好的标签之后，心里就难免会对其生出轻蔑，于是花姐思考再三，分手吧。

一段关系要想长久，男人对女人得有怜爱，女人对男人得有崇拜。这崇拜，不是说一定要会挣钱，金钱并不是衡量强弱以及崇拜的唯一标准，一切能让人心生钦佩的，都是对的。

李安导演在还没出名的时候，数年没有工作，靠其妻子的收入过生活，按照常理，这样的情况只会遭到女方的白眼，婚姻也不会维持太久，但其妻子却任劳任怨，只是因为认可他的才华，并且相信会有他有所作为的那一天，所以才甘心先一个人扛下家庭的重担，只是因为她欣赏他，所以认可他选择的一切。而我理解的崇拜，大概就是千百遍的认可叠加起来。

每个人的标准不一样，有的人会因为赚钱能力崇拜一个人，有的人因为才气，有的人因为长相，有的人因为勇敢，诸如挺身而出抓小偷、扶摔倒的老太太。只要你认可的他刚好有。李孝利当年嫁给一个不知名的音乐人时，所有人哗然，连媒体发的稿件标题都是"女神李孝利下嫁丑男……"，但李孝利本人却说："哥哥是真的不食人间烟火，而我却只有钱。"

至于花姐的标准，只是简单地希望对方努力一点，为了他自己也好，为了她也好，为了将来彼此的生活也好，去努力一些，让她安心，更有安全感与归属感，让将来的生活更有盼头，一点儿都不过分。

"我已经给了他时间和机会,但一点儿用都没有。我没那么多时间可以等了,我都三十岁了,家里催得紧,我自己也着急。"说这话的时候,花姐一口口喝着手里的啤酒,看得出来她并不好受。

那天我们聊感情、聊旅行、聊事业……花姐说今年的北欧行可能不能跟我们去了,因为家里催她今年必须结婚,而在这之前,哪里都不准去。我说,那你得尽快解决这事啊,不能放我们鸽子。她笑,说尽量。一直聊到夜里十一点,我们才依依不舍地分别。

写这篇文章之前,我给花姐发去消息,问她提了吗。她说提了,但男方恳求她再给他一个月的时间。我说那你答应了吗,她说答应了,但是得一个月之后有所成就了再去找她。

不知道这小伙能不能在一个月内做出成就,只能遥祝他成功。这样的话,花姐今年就能少一个危机,然后安心跟我去旅游啦,哈哈。

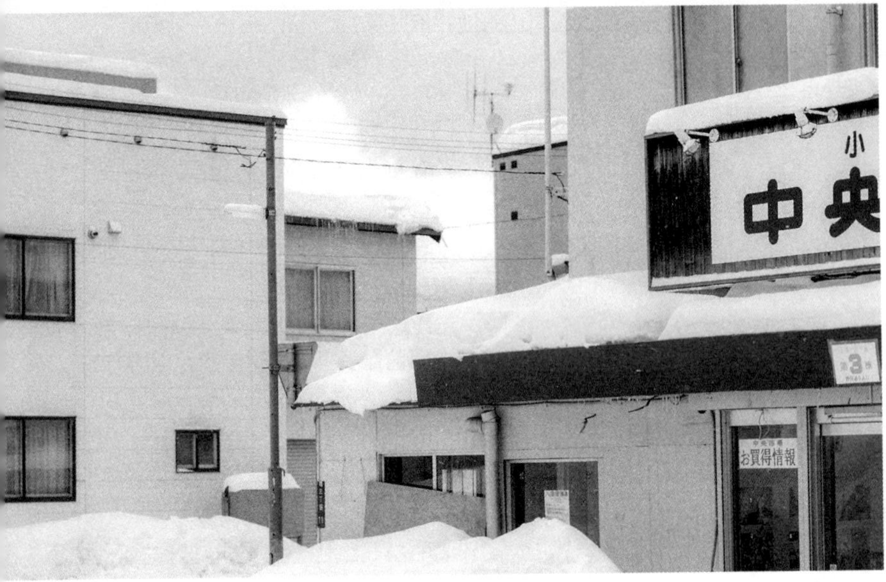
小
中央
お買得情報

谁不是学着去恋爱

CHAPTER 3

我爱你，只是因为我高兴

《流金岁月》里，琐琐生下了孩子，南孙说："为他生孩子，一定很爱他。"

琐琐说："为人家做事，迟早要后悔的，我只为自己，我想要一个孩子。"

看到这儿，心里猛然一惊，想来有多少人都忽略了这个道理，付出的时候搞不清是自己想要的，还是只为讨好别人。后者的风险在于，付出之后达不到预期的效果就会对别人产生埋怨，可其实决定是自己做的不是吗？

不以讨好任何人为目的牺牲自己，每一个选择都心甘情愿，这样在将来漫长的人生里，即使遇上了不如意，不至于说出难堪的当年我为你如何如何……

付出是你的选择，回报是别人的选择。

飞蛾扑火，亦是为着自己寻找光明的快乐，并不为讨好灯火。

每场失败的恋爱里都有这样的句式——当初我为你怎样怎样，你却……就像道德绑架——我为你做了那么多，你也应该为我做些什么。

错就错在一开始，把感情当作投资，但其实它是一场赌博，你得学会愿赌服输。

不过每个人在付出的时候，都会在心里期待有所回报，但回报只能当作侥幸，而不是理所应当。

老赵是个正面例子。

女朋友跟他提分手的时候，哭得梨花带雨，说对不起他，辜负了他的爱云云。

老赵问对方，你是有别的喜欢的人了吗？

姑娘摇头，说只是没感觉了，当初有一些感觉，也多是因为感动。

老赵打断，那有什么对不起的啊，我还得谢谢你呢。谢谢你陪了我一场，也谢谢你对我坦诚。

没有再挽留对方，话都说到那份儿上了，再多说，就变成了哀求。

没多久，老赵辞了职，从北方又回到南方，从头再来。

老赵曾为了这个姑娘，放弃了在四川的工作，虽然那时候他已经晋升为副总，可是为了爱情，他舍下一切，到陌生的北京工作。来的时候，他说自己没想那么多，工作还可以再努力拼搏，但是喜欢的姑娘不能拖，因为总觉得稍一怠慢，她就被别人抢走了。老赵说，异地恋可不行，没人照顾她，我不放心。

分手的时候，老赵已经在北京工作了一年多。有能力的人，在哪里都上升得很快，彼时他已经晋升为了主管。于是我们挽留他，发展得这么好，不考虑留下来吗？

老赵说，留下来做什么呢，没有了她，这就是座空城，我在这发展也没什么意义。

在送别的机场，老赵拉着行李箱要进入安检了，我问了他一个很傻的问题,我说,如果早知道会是这样,你还会不顾一切吗?

老赵笑了,他说,当然会啊,你不知道那时候的我,幸福得没边儿了。即使现在这么难过,我觉得也值。如果我不来,那我们没有故事就分开,一开始就没有快乐,只剩难过,多亏啊!我幸福了一场,哪怕倾家荡产也值了,这点挫折算什么!哥们儿我从头再来。

老赵在这场破碎的感情里,却活得像个英雄。

记得以前恋爱,在气急败坏的时候也爱把自己的付出拎出来说,试图唤起对方的内疚感和责任感,偏偏对方也不服输,把自己做的种种事迹提出来比较,导致最后问题上升到自私与否的层面。因为那个时候,眼里的对方都变成了一个只记得自己付出的人,把另一方的付出都抛诸脑后,于是变得像两个计较的小孩,谁也不肯让谁。

可是付出的时候,也没人逼迫自己,甚至在那一刻是很开心的,后来不知为何却成了绑架对方的枷锁。其实并不是计较,只是感觉不被爱时的慌不择路。

但既然付出是自己的选择,就该像个敢做敢当的大人。像琐琐说的,为别人做事,注定是要后悔的,所以在做选择的时候,自己一定也要觉得开心才是,否则那些纯粹为了取悦对方的牺牲,终究会在某一天,变成难堪的委屈不甘。

所以我爱你,因为我高兴;我对你好,也是因为我高兴。如果你不爱我,也不用感到愧疚,因为在过程里,有快乐。

不秀恩爱，分得更快

昨天几个朋友聚在一起聊天，A抱怨自己的男朋友从来不愿意晒合影，也不愿意她晒。我们一副震惊脸，又不是明星，为啥这么避讳？拒绝晒的理由是啥？

于是我们惹麻烦不嫌事大，异口同声地说，必定是有鬼。

A说，男友觉得自己胖，说等他减肥了再晒。只是一两年下来，也没见瘦。

我们继续煽风点火，这明显是借口嘛！就是不够爱，觉得你配不上他！或者还有备胎，所以想给自己留后路。

A瞬间神情黯淡。

女C看气氛有些尴尬，于是解围道：也不一定啦，很多男人就是不喜欢晒，对吧 B？

B 是个非单身直男，摸摸后脑勺，说，是，我不喜欢晒，女朋友也没要求啊，如果她说不晒就分手的话，那还是要晒的……

A 面如死灰。

都说秀恩爱分得快，可是死活不肯秀的话，分得更快吧？

此刻码字的我很担心 A 是不是已经跟男友提分手了……

说到秀恩爱这个问题，我是从来都没秀过，主要是因为隐私，不想自己把感情状态完全暴露，什么时候恋爱、什么时候分手，这都是两个人的事，可朋友圈有太多不相干的人，并不想把隐私展示给所有人看。

以前谈恋爱，前任很喜欢晒，给我拍照修图，发自己朋友圈，想来在他眼里，我是值得炫耀的存在吧。分手很久之后，我从别人嘴里听说，他在喝醉酒后呜咽着说我不爱他，因为从来不晒跟他的感情。可是在一起的时候，他只字未提他的这些委屈，想来有些愧疚。

不知道自己会不会有秀恩爱的那天，如果有的话，应该是结婚的时候吧。

或者对方提出晒的话,我也会同意的。

想起大学时候一同学,其男友死活不愿意在社交平台上公布恋情,于是同学用分手来要挟。男友没办法,讨价还价之后,达成一致,微博不发,在朋友圈晒合照。晒完之后,同学才终于相信了男友对自己无二心,关系得到缓和。可过了几天,同学不放心,偷偷翻看起男友手机,这一看坏事了……原来男友发合照的时候单独设置了一个人不可见,这个人很不巧,是他的前任。

同学跟男友摊牌,本以为会得到一堆解释,没想到对方坦承了对前任还放不下,于是俩人的感情画上了句号。

一个人愿意秀另一半,一定是非常喜欢对方,而不晒,不代表就不喜欢。可即使冒着失去对方的风险也不愿意晒,那必然是有猫腻。

说到底,每个人都希望成为自己喜欢的人的骄傲,而秀恩爱就是最直接的表达方式。

记得舒淇在公开恋情以前,总是藏不住少女心思经常在Ins和微博上低调秀恩爱,晒冯德伦的猫、晒一起出游的合影,像个小女孩般,雀跃着想向全世界宣布自己的幸福,像捂住自己的眼睛,却又偷偷从指缝间睁开眼来，不敢太明目张胆秀出来，只是因为男方还没有打算公开。当时各种公众号写冯德伦不够爱她，因为他从不公开承认这段感情，直到俩人的婚讯公布，这样的恶意揣测才消停了。

你看，即使名人也是需要用俗气的方式表真心的。因为爱这个人，并且愿意放弃其他可能，所以才愿意把一段感情公开来，像一种声明——这个人是我的，我也只属于这个人。

当你需要我的时候，我的爱才有意义

我有个发小，比我大一个月，我们属于是在娘胎里就认识了的。她也是我邻居，小时候就住我家对面。我们从小一起学走路、学说话，后来顺理成章地成为同班同学，一起上下学、一起写作业……

记得刚踏入学前班的第一天，妈妈把我送到学校就匆匆离开了。坐在教室后排的一个角落，面对周遭陌生的老师和同学，我感到了不安和害怕，于是趴在课桌上哭起来。老师看到了，问我怎么了，我说我想回家。

很快，妈妈赶回学校来，问我怎么了，我一边啜泣一边说，我想和XX（发小）一桌。老师听完笑了，立刻给我换了座位。

坐到发小旁边之后，我不哭了，但随后却感到很失落，因为我发现她适应得很好，跟前后排的同学都玩得非常融洽。原来没有我，她也可以很好。这是我人生第一次强烈感受到不被需要的失落，那年六岁。

CHAPTER 3

当需要是相互的，依赖才不是自作多情，我花了很多年才逐渐明白这个道理。

那时候不开心，为什么形影不离的朋友，离了自己跟其他人也玩得很开心，可自己跟其他人玩的时候，没有好朋友在场，就总觉得不尽兴？于是生出一种不被需要的人需要的不平衡感，导致玻璃心泛滥，偶尔为此郁郁寡欢。以前养了一只拉布拉多，当发现它对陌生人跟对我一样摇头摆尾的时候，心里也有些失落。生出这些情绪也不是因为占有欲，假如是自己不在意的人来黏着，反而会不开心，所以如此在意，只是因为爱啊。

韩剧《请回答1988》里面，作为家庭主妇的正焕妈妈要出趟门，走之前千叮咛万嘱咐，生怕老公和两个儿子吃不好睡不好，把小菜做好满满当当地塞在冰箱里，教他们拆分煤球、开关燃气……临走了还三番五次回头叮嘱，被老公和儿子起哄推着才出了门。

过了两天，妈妈回家，发现家里井然有序，没出什么幺蛾子，父子几个还一副精神满满等待夸奖的样子，妈妈不开心了。父子几个摸不着头脑，分明没闯祸啊，咋还不高兴了？正焕爸爸三番五次端着食物去哄老婆，也吃了闭门羹。后来正焕跟朋友聊天，才知道了妈妈生气的原因——只是想被爱的人需要啊。离了我的照顾，你们还过得那么好，那

99

我是不是很没用?

于是正焕假装找不到自己的衣服,又在哥哥煮面的时候故意把对方的手摁向滚烫的锅,在爸爸换煤球的时候故意拍碎,然后大声抱怨着哥哥不会煮面、爸爸不会换煤球向老妈求助,看着老妈拎着医药箱急切地奔向受伤的哥哥和无措的爹,再回头给自己找衣服,嘴上骂骂咧咧"你们离了我可怎么办哦",脸上却隐隐泛起幸福的笑。

爱就是如此,无私,又有点小孩子气。我不在的时候希望你好,但不能比我在的时候还好,因为只有你需要我的时候,我的爱才有意义啊。

写到这里的时候想到了我妈。我都二十多岁的人了,有时候跟她一起出门,很重的包裹,她也要抢过去拎,不管我怎么争她还是坚持,好像我还是那个需要妈妈照顾的小孩。现在一个人在外久了,已经能自己想办法解决所有问题,也越来越不需要父母的帮助了,对爸妈来说,是既欣慰又心酸的吧。但还是会在一个人去医院的时候想念妈妈的陪伴,会在爸妈说帮忙在某宝买一个东西的时候开心一下。我们终归还是常常需要彼此的。

谈恋爱黏人,交朋友也黏人,其实也不是离了谁就过不了,只是因为重感情,总希望做彼此心里的首位。

CHAPTER 3

以前谈恋爱，男朋友去国外出差，我因为没有假期，不能跟着一起去，他却比我还遗憾的样子，一路给我发旅途的风景，还不停地重复，要是你在就好了，将来一定带你来云云。虽然没有去，心情却比去了还开心。

我有个异地好友在江苏，她发现楼下的小摊卖的炒饭好好吃，会拍照给我，说等我去了她的城市一定要带我尝尝。我一个人在商场溜达，看到适合她的衣服也会拍照发给她，问要不要帮忙买。我们已经一年半没见了，但每次遇到了开心、难过或窘迫的事，一定是第一时间找对方倾诉一通，虽然有时候不能切实地帮什么忙，但那种惦记与被惦记的感觉，就能让这份感情永远不减淡。

所谓的相互依赖，不是指任何时候都要对方切身陪着，而是要有想要对方在的那份心情。

现在随着年龄的增长，不再轻易依赖任何人，适当靠近，也适当独立，不成为别人的负担，也不增加自己心里的负担。这个朋友忙了，那就联络下别的朋友。可遇到每一个喜欢的人时，心里还是会有冲动想要上前吊着对方的胳膊不撒手。

愿你自带安全感，
恋爱的时候只需要爱情

上周还在朋友圈晒幸福的小景，突然说想分手了，理由是没有安全感。

几个姐妹都不解，对方家庭背景不错，家教很好，"211"大学毕业，公司中层，稳重温和，一百里开外都能闻到他身上浓浓的安全感，怎么小景会觉得没有安全感呢？

小景问：你们理解的安全感是啥？

A说：安全感是有花不完的钱。

B说：是浓烈而坚定的爱。

最后小景问我，我想了下，说是任何时候，失去除生命之外的任何东西都能独自好好安身立命的能力吧。

小景毕业大半年了，一直没找到合心的工作，她自嘲眼高手低，却迟迟没有做出改变。可这样的小景却常常成为大家羡慕的对象，因为小景的男友并不介意，供她吃喝，还给零花。每次聚会大家抱怨完工作累，转而就做出羡慕状，感叹小景命也太好了，这样的好男人可是打着灯笼也难找。小景看起来一脸幸福，但苦乐多少，自己知道。

因为每天没什么正事做，于是一切都围着男朋友转，被爱情牵着鼻子走。对方忙，有时应酬，有时外地出差，小景也只能自己在家干着急，不敢多干涉半句。但一个人待久了，还是免不了胡思乱想，男友工作忙，回消息少了，就怀疑对方是不是不爱自己了；回家晚了，就担心对方是不是跟别的女孩子约会去了。

这样的感觉折磨着小景，又不敢对男友发作，毕竟对方没什么错，工作赚钱也是为了俩人的将来。有时候明明很生气，但看到男友跟客户应酬到半夜，满身酒气一脸疲惫地回到家，又心软得什么都说不出来。

可是，感情里势均力敌的双方才具备长期过招的可能性。即使他优秀且爱你，但你若做不到并肩而立，总是倚仗对方的话，久而久之，关系就会失衡，即使对方不介意，你也过不了自己那关。你会不自信，害怕失去，甚至怀疑对方的真心，处处试探，一点风吹草动就无限放大，变成一个不可爱的寄生物。而独立，是获得安全感的第一步。你想长成大树，就得先离开温室。

独自奋斗，去获取安身立命的物质回报与精神上的充盈。一旦女人拥有了这样的技能，便会自带安全感。能做到爱买就买，男生送的就是锦上添花；能做到说走就走，男生同行就是旅游纪念品。有人在更好，没人陪，一个人也行。

自带安全感的女人，对爱情的期待很单纯，她们就只是需要爱情。因为自带安全感，所以并不患得患失，很高兴你来，也不怕你离开，即使你有可能爱上别的人，我也不担心自己将来没人爱。

至于小景，今天听说她面试成功了，马上到一家公司做文员，虽然试用期工资不高，但她说等下个月领了工资就请男朋友吃大餐，用自己的钱。

好情绪的表达可以让感情升温

朋友恋爱了，跟一个追求了自己很久的小伙。小伙把朋友奉为女神，随之产生的殷切让朋友很满意并为之陶醉。刚确定关系时，小伙一如既往地每天发来一长串微信、打好几个电话，信息朋友挑拣着回，电话看心情接。可没多久，消息少了，电话也不打了，有一次整整两天音信全无。

这一冷漠让朋友迅速跌下了神坛，急急跑来问我，你说他是不是变心了啊？

我说，不是的，对方愿意追求你那么久，自然是很喜欢你，不可能这么短的时间轻易就变。只不过感情是需要互动的，任何人主动久了都会累。一开始追求阶段对方会坚持做主动的一方，主动找你，讨好你，可你们确定关系之后，就是恋人关系了，而不是女神和追随者。少了互动，这段感情就是畸形的。他也需要看到你对这段感情的积极性，反之也会感觉受伤。兴许这时候他也在伤心，为什么他不找你，你就不找他了？

感情一开始可能靠感觉，日子久了，还是靠经营。当别人付出热情的时候，对你关心、对你好，你为此表达喜悦，那感情自然会升温，对方也更乐意付出；如果你还是冷若冰山，对方就会有挫败感，感情也随之淡了。

人们有一个误解是，以为回应了对方的热情，对方得到想要的反馈，就会不再努力取悦自己。其实恰恰相反。当付出得不到反馈的时候，人们会失落，觉得持续热情就是找不痛快，没有人愿做那种事。而有反馈的时候，好的情绪被传递，人们会感到愉悦，也就愿意继续付出。

若我给你一颗糖，你就甜了整个世界，那么我只想不停地给你糖。

想起以前一个同事，结婚多年，夫妻关系非常和睦，每次听到她跟爱人打电话，我们旁人都一地鸡皮疙瘩。有次情人节，爱人给她订了一束花送到公司，她立马打了电话过去，语气激动得像是收到了一座城堡。

这个同事长得胖胖的，跟漂亮没有半毛钱关系，如果肤浅一点从外表而论，大部分女孩子都会比她更容易收获幸福，但她之所以能把感情维持得这么好，我觉得跟好情绪的表达是离不开的。

还想起一个姐姐，她经营感情的方式之一，是不停地肯定自己老公。大家聚会时不管是当着她老公的面还是她老公不在场，她总是对其赞不绝口，老公的事业、对家庭的付出、对自己的关怀，她都记得清清楚楚，并且放大再放大其功劳。老公升职了，她比对方还开心，宴请朋友们到家里庆祝。这种重视对方的表现，也会给彼此带来正面情绪。

记得网上流传一个说法，想让自己的爱人毫无怨言地做家务，就得拼命鼓励对方。女朋友做的饭再难吃，也要夸好，男朋友洗的碗不干净也要说很赞。因为被夸奖的一方会在得到赞扬之后更有动力做得更好，以此获取更多的成就感。所以爱人的鼓励是好情绪的表达之一，这样的情绪对感情也会起到积极作用。

以前谈恋爱过于自我，不懂得体谅对方，收到了好不会反馈，倒是遇到不好的时候从不掩饰地给脸色。有次大吵，对方情绪失控冲我呐喊，为什么对你的好你记不住，你记住的都是不好吗！我瞬间哑口无言，继而才自责起来，原来忽略爱的表达，会伤害对方这么深。

想起小时候，爸妈会规定我做一些事情，做到了的他们就不再多说什么，而我没做到的，就会被批评，这件事让我难过了好久。其实感情里每个人都像小孩子，喜欢被表扬、被鼓励，做了对的事情，自然希望对方满心欢喜地奖励一颗糖。不管是爱情、亲情还是友情，我们都需要这样的鼓励。

其实这些也跟文化有关。东方人相比西方人含蓄，西方人更擅长爱的表达，他们会跟爱的人拥抱，亲吻脸颊，说我爱你。收到了礼物会当面拆开来然后表现出狂喜，我们不，我们大多时候是客套地说谢谢，然后收起来等独自一人的时候再拆开来。我从来没跟爸妈说过爱，也很少跟他们拥抱，只是因为不好意思。记得有次跟我妈打电话，那天我破天荒地说了句，我好想你们，当时听筒里，妈妈的声音哽咽了。

想念了就表达，对方做了对的事就表扬，传递喜悦其实并没有那么难。

以前跟朋友聊，什么样的感情叫合适，朋友说，相处的时候双方都很开心，那就是合适。其实想来就是这么简单，一个人愿意跟另一个人长期待在一起，开心自然很重要，如果不开心了，为什么要强扭在一起？而情绪会传染，一个好的爱人，一定善于给彼此带来正面的情绪。如果总是开开心心的，谁会舍得分开呢？

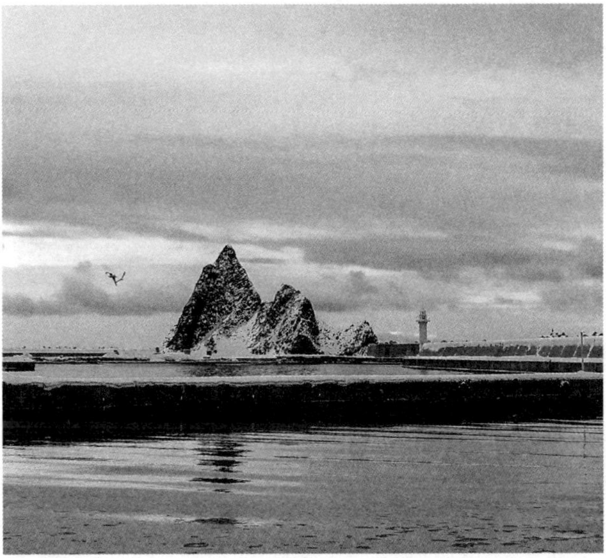

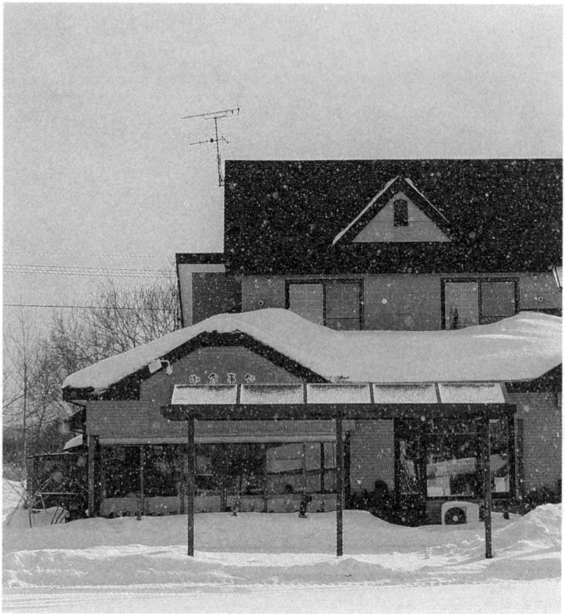

恋爱，光有心怎么够

看这个标题，大家肯定以为我要说恋爱还得有钱吧？俗！恋爱这件事，真心只是基础，更重要的是得会恋爱，也就是受爱。打个简单的比方，爱情是一部手机，真心只是硬件，比如待机时间长、内存大、配置高、内核快……而所谓的受爱，就是里面的软件、是Siri、是4G流量，是有功能性的带给人愉悦的一切。而不受爱的人就像一部老式诺基亚，即使说它多么瓷实、待机时间多长，都没有人喜欢。

有的人像普通智能机，也许功能不够多，但手动装装软件，培养培养，就能变体贴；而有的人，就是一部非智能机，无论怎么努力升级，内核都无法改变，只能换掉。

赵琳终于还是换掉了自己的诺基亚爱人。

赵琳的前男友叫磊子，工科男，木讷程度跟其名字一样，一堆石头。磊子不善言辞，不会讲甜言蜜语哄人开心，更不懂半点幽默，也不爱笑。

赵琳看到好笑的微博分享过去，磊子不仅不会捧场，还会嘱咐一句：好好上班，少刷微博。家里的狗生病了，磊子急得立马请假带狗去医院，而赵琳生病了却无动于衷，赵琳气急，对方却一脸无辜，狗自己不会去医院啊。有次赵琳要出差，磊子叮嘱她到了那边要如何如何，赵琳心里一暖，居然会关心人了，于是学着韩剧里捧着他的脸颊含情脉脉地看着对方说，你这是在关心我吗？磊子面无表情，你觉得是就是呗。至于浪漫惊喜什么的，更是从来没有。

别人恋爱都是卿卿我我、甜甜蜜蜜，而赵琳这儿哪有恋爱滋味。至于当初是怎么在一起的，赵琳自己也说不清楚，大概就是所谓的有安全感吧。提的要求，对方会努力去做，但不提的，对方也就完全不主动。可是爱情需要互动，如果总是一个人拖着另一个人向前走，走不远的。

但能处这么久，磊子还是有优点的，比如最显著的一项——脾气好。因为磊子的不解风情，赵琳常常很窝火，有时候直接发脾气，对方也不还嘴，不懂讨好就默默陪着，直到赵琳自己消化了情绪，就又重归于好。有次赵琳说，你哄哄我吧或者夸夸我，磊子憋了半天，说了句，加油。

每次看到闺密跟男友在一起的状态，俩人眉眼间、举手投足间都是爱怜，赵琳都忍不住羡慕，而自己身边这个，吃饭的时候从来不会有眼神交流，更不会给自己夹菜，只知道自己埋头吃，这跟拼桌吃饭有什么区别？走

CHAPTER 3

路的时候,别的情侣都是牵着或搂着,而磊子每次都是自顾自地走在前面,有次赵琳故意躲起来不跟上,结果对方过了许久打来电话,我到家了,你人呢?

可赵琳从来没怀疑过磊子的爱,他只是不会恋爱而已,心是坚定的。在一起没多久就把工资卡交出来,赵琳父亲做手术,磊子把存折都翻出来放她面前。如果有天赵琳被欺负了,她丝毫不会怀疑磊子会为自己拼命。可惜啊,人生需要拼命的时候太少太少了,生活中的点滴温暖才能为爱情续命,只是磊子不明白,赵琳也教不会。

当初想提分手的时候,赵琳纠结万分,毕竟这个男人没有做错什么,又那么爱自己,不忍心伤害他,可自己确实受不了这一眼就看到头的没劲儿日子,像嚼着无味的口香糖。

赵琳跟家人朋友商量,朋友们都只是淡淡地劝她珍惜,而反对最激烈的还是父母。父母劝赵琳,人无完人,磊子虽然是闷了一点,但可靠、老实,现在的男人都花花肠子多,遇见一个这样的不容易,至少他永远也不会让你吃亏。何况在一起都两年了,彼此知根知底,奔着结婚去那是妥妥的,女人的青春没几年可以浪费,分开了再跟新的人开始就能万事如意了?

父母的顾虑赵琳不是没想过，可思来想去，勉强维持的关系总归让人觉得委屈，对对方也不公平。分了吧，让别人难过；不分，自己难过，横竖都是难过，那至少应该先对自己的快乐负责吧？

长痛不如短痛，于是赵琳决定，分！

当她告诉我自己的决定时，我说，别人怎么想都不重要，自己开心最重要。这是你的人生，每个选择都是自己最想要的就好。

再后来，一次途经赵琳的城市，她执意要请我吃饭，于是带着她现任，我们三人坐到了饭桌上。她身边的男人长得不帅，没有磊子高，但看得出来很体贴，会把汤给我们盛好，给赵琳夹菜。有时赵琳一低头，耳后的头发垂下来，他则自然而然地帮她捋上去。油沾到嘴角，他随手为她递上纸巾。在他面前，赵琳会小女人般撒娇，而他则是眼带笑意地揉揉她的后脑勺。看来，她总算是找到自己想要的爱情了。

谁都想要这样的爱人吧，一个懂得传递爱意的、受爱的人。毕竟恋爱不是暗恋，爱你在心口难开的，那是虐恋，不是热恋。所以光有心是不够的，还需要会爱，而一个会爱的人，一定是懂得表达的，这表达不一定是语言上的，还有行为上的。有的人不善言辞，但是有温暖的小举动，也足够了。

现在我们这年轻的一代还好一些，父辈那一代，真的是连句"我爱你"都羞于启齿。我有个叔叔，属于个例。叔叔恋爱次数并不多，可能出于性格原因，他很会哄人开心。叔叔年轻的时候妻子生病去世了，后来又谈了个，现在结婚了。印象深刻的事，有次去叔叔家吃饭，阿姨在做饭，叔叔从外面买酒回来，看到老婆张罗好了一大桌，欣喜若狂地赞美对方，还把阿姨拉到椅子上，说你坐着歇会儿，然后给阿姨揉肩。那种旁若无人的甜蜜，特别令人艳羡。幸好当时我妈没看见，否则一定会冲我爸翻个白眼说，你看看人家。

叔叔阿姨现在结婚很多年了，还照样腻歪着。即使阿姨脸上皱纹多了不少，身材也发福了，但在她烫了头发买了新裙子的时候，叔叔还是一如既往地赞美，就好像跟他在一起，阿姨永远不会老去，永远是他最爱的样子。

当一个人总是感觉到被爱的时候，整个人都会变得更好、更温柔，充满自信，不会患得患失、惴惴不安，遇到困难的时候因为有了支撑而更勇敢，对待身边的人事也更宽容。所以，恋爱，光有心怎么够，要说、要做，要用行动让对方感受到。

爱一个人，千万别把心思藏着掖着，要用一切行为去表达去让对方感受。只要暖一点，日子就会甜许多。

恋爱多谈还是少谈好

在饭桌上朋友们讨论起"恋爱谈多还是谈少好"这个话题，众说纷纭。

有人说，少谈好，谈多了，比较来比较去，容易不知足。而且人们普遍对拥有的东西习惯性地视为理所应当，注意力总是在已失去和未得到上。比如想着前任会做饭，现任不会；前任胸大，现任胸小……就很容易将身边这一个的缺点跟上一个的优点比，然后心里不安分。

A君附和，没错，女朋友在闹矛盾的时候总提前任对她怎样怎样，导致俩人愈吵愈烈。

B君不服，觉得恋爱要多谈，不多试试看怎么知道哪个才是最适合自己的？而且人们都是一次次学着去爱，还是得找有经验的，知道疼人，也没那么作。

A急了，说，为什么不能一起成长呢，真正喜欢一个人就是愿意陪她成

CHAPTER 3

长啊,天下没有完全合适的两个人,还不都是靠磨合、一步步培养感情,再说了,从一而终多浪漫!

可是人们常常是在磨合的途中就把感情消耗没了。每个人生来都带着各种各样的棱角,在学着爱与被爱的时候一点点磨去,等到变得更好的时候,遇到另一个刚刚好的人,不需要太多痛苦磨合,更多的是一拍即合。这么说有些残酷,好像曾经的恋爱就变成了练习,但这也只是跳出来之后的观点,毕竟那些曾经,每一次都当作最后一次。

B说得有些动情,A放弃了反驳,听他继续说。

我第一次恋爱的时候,什么都不懂,不知道体谅对方,太自我。发生矛盾了先给自己找台阶,甚至明明自己错了还嘴硬,惹得对方很伤心,于是感情就在一次次的伤心里消耗完了,后来无论怎么挽回都没用。虽然谈了几场失败的恋爱,但每一次都能获得不同的经验,也变得更好了。知道心疼人,遇到问题会站在对方角度思考,更包容、体贴,更会爱人。等将来遇到了新的爱人,至少尽量不再让对方因为自己不够好而离开。

B说完,A又开口了。

会因为这些不足就离开的,说明并没有那么爱,真正爱一个人,是愿意陪对方成长的。我的父母是彼此的初恋，小时候经常听他们拌嘴，当时觉得他们早晚会离婚，但现在却不吵了，而且很和睦。吵了半辈子，终于吵明白了，那些曾经计较的事、要争的那口气，在爱情面前不值一提。没有生来就合适的两个人，在一起多久还是看爱的程度吧。

B君还想说些什么，其他人可能厌倦了这样辩论式的谈话，于是岔开了话题，只有我还在思索俩人的话。

其实恋爱的次数并不重要，没有人会因为想多谈几次恋爱而抛弃当下深爱的人，也没有人会因为不想多谈恋爱而错过眼前深爱的人。主要还是遵从内心吧，爱就爱，不爱就不爱，以及，懂得珍惜，在一起的时候好好珍惜，即使没能走到最后，回忆起来至少是善待过彼此的。

总而言之，这个话题有点无聊。

谁不是学着去理解

CHAPTER
4

看看聊天记录吧，
他真的不怎么喜欢你

有粉丝跟我求助，发来一串跟她喜欢的人的聊天截图，问我这个男孩到底喜不喜欢她。

我大致看了下，基本上是她说三句，男生回一句，男生回复的语气捉摸不定，有时候很暖，有时候又很敷衍，但整体看起来很礼貌。话题几乎都是女方挑起，有时候像一问一答，男生看起来对女生的一切都不太好奇，不会问关于她的事情，都是女生在主动交代。而且男生回复的速度常常很慢，有时候过了几分钟，有时候是几小时，还有时候聊得正开心，突然就消失了，第二天才回复说，不好意思昨晚睡着了。

我问女生，他找你的时候多吗？

女生说，几乎都是我找他。我说那多半是对你没兴趣。女生又说，但不管我说什么，他都会回我啊。可能觉得光是这点没什么说服力，女生又补充道,他还会关心我,让我早点睡觉,吹空调不要着凉之类的,这难道不是喜欢我吗?

我说,关心有时候只是客气,我们对普通朋友有时候也会客气几句啊。在你装可怜的时候,他关心和安慰几句,这个只能说明他懂礼貌。而判断一个人喜不喜欢自己,不要看他说什么,要看他为你做什么。比如在你生病的时候,有的人会说,小可怜,记得看医生,按时吃药、多喝热水,而真正喜欢你的人会给你送药或者陪你去医院。

女生说,我也没生过什么病,从这点很难判断啊。

我问,那他有约你出去吃过饭吗?

女生支支吾吾,说对方提过有机会一起吃饭,但迟迟没有付诸行动,可能是忙吧。

我实在不忍心打破她的美好想象,但还是劝她放弃。

人们永远不会对真正喜欢的人表现出忙,哪有那么多正事,如果喜欢你,你就是最大的正事。如果喜欢你,怎么会睡前连个晚安都不舍得说?

CHAPTER 4

姑娘给我发来一张微博截图——"不要跟喜欢的人说晚安结束聊天，假装睡着了第二天再接着聊，这样又可以聊一天。"

我有点语塞，一下不知道说什么好。人们总是愿意相信那些指向自己所期待的结果的谬论，却不肯承认事实。我知道来问我的这个女生，只是为了来获得一个认可，希望有别的人来肯定那个人对自己的喜欢，可事实就是事实，误会再多也成不了真。

我们老说，女追男，隔层纱，其实没那么容易。女人才是容易摇摆的，对方对自己好点、慢慢接触、了解，就容易动心；而男人在一开始没动心，不管你做什么、说什么，都很难动摇他。湘琴和直树的故事，也只在偶像剧里才有罢了。

一个人喜欢你，他一定是热切的，会想主动跟你说话、想见你，尤其是在你已经开始示好的时候，对方还是无动于衷，说明真的没那么喜欢你，也不要为对方找借口是忙或者害羞。我们总是愿意去相信自己明察秋毫的东西，却不愿意承认事实。你抓着对方温柔的细节，当作是爱你的蛛丝马迹，然而在别人看来，不过是意淫而已。

我说，如果你还是不愿意放弃，那就去表白好了，问个清清楚楚。她没有立刻回复我，估计是陷入了挣扎。

123

今天我打开电脑,再次看到她的留言,意料之外的事是她还是去表白了,而意料之中的事是表白失败了。

姑娘,你一定很难过吧,但没关系,都会过去的。

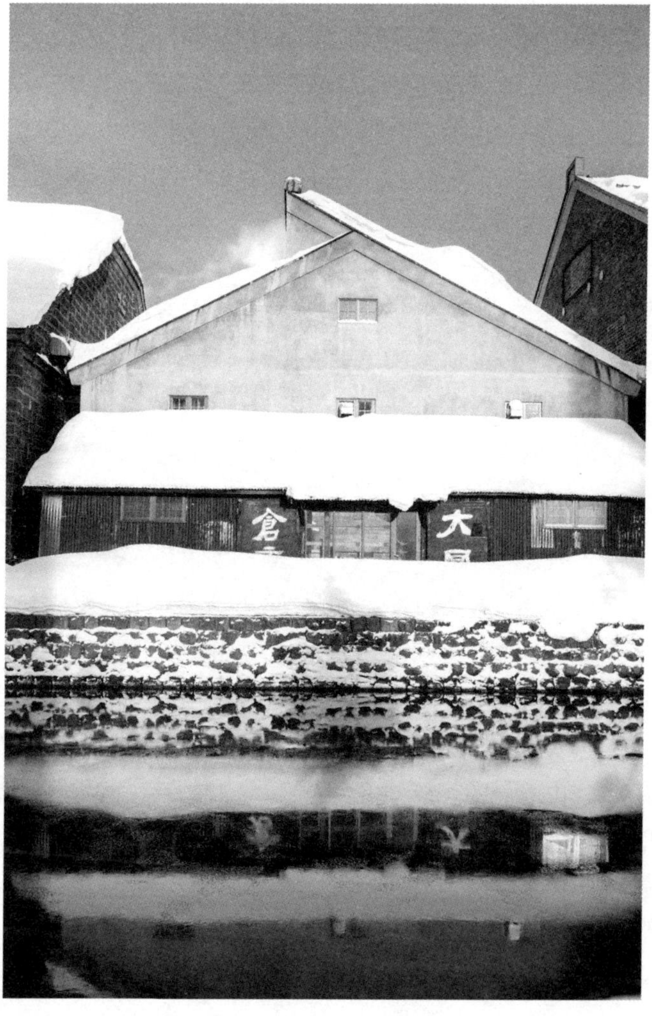
倉
大

不是看不穿，只是舍不得揭穿

朋友前一阵过生日，收到客户送的一条爱马仕丝巾，客户寄过来就直接拿给朋友了，所以里面的发票忘记了取出来，这下露了马脚，明显是假货，因为里面的发票日期还没到。但朋友没拆穿，甚至还一脸惊喜，马上系到脖子上戴给对方看。

我不解地问朋友，为什么不揭穿？朋友说，我为什么要揭穿呢？显得自己识货？然后看着关系变僵？不管她送的东西是真是假，是几千还是几百，都是心意，总比连句生日快乐都不说的人好吧？

我陷入了沉思，好像说得没什么不对。而且这个客户对朋友来说很重要，好几个大项目都是这个客户给的，平时也像姐妹一样。如果卑鄙地从利益的角度分析，当场拆对方台的话，失去的东西远比一时揭穿的畅快来得重要。

后来朋友跟客户依旧感情甚好，那件事就像没发生过，慢慢地也就淡忘了。前两天，朋友突然给我发来微信，提起丝巾的事情，语气兴奋地问我——你猜怎么着了？我发过去一串问号。

朋友说，客户今天送了一个香奈儿手包给她，为之前的围巾赔不是。因为常用的那个代购，被爆出一直在卖假货。

我顿时感慨不已。想起自己生日的时候，朋友说给我准备的礼物放在家里却不见了，可能是保洁阿姨顺走了，当时我卑鄙地揣测过，这样的借口也太假了吧？不送就不送啊，干吗撒这种低级谎？但我没揭穿，反而安慰对方，没关系，丢了就算了，别送了。后来过了一个多月，朋友搬家，说找到了给我准备的礼物，在沙发底下。

当时没有揭穿，只是怕对方陷入尴尬，再把关系闹僵，于是只能替对方辩白，可能因为刚好经济紧张而已。后来知道是误会一场心里还是感慨不已，为之前的各种揣测而内疚。

有次大学同学聚会，一同学入座之后就开始聊八卦，谁谁结婚了，对象是隔壁班师兄，谁谁出国了，谁失业了……最后聊到A，此同学神秘兮兮地小声道，你们听说了吗？A生完孩子没多久就离婚了，因为老公出轨……我姐是她家邻居，所以知道得一清二楚。说的时候一脸同情。很快，A到了，八卦的同学赶紧闭嘴。

大家突然变得沉默，正尴尬着，A打破了沉寂，说，不好意思啊，迟到了，今天打不到车，老公加班，叫他请假送我来的，不然不知道什么时候能到呢。说完挤出一个笑。

然后又是一阵沉默，大家都不知道怎么接话茬，面面相觑。刚才聊八卦的同学赶紧接话，到了就好，到了就好。然后大家就像什么都不知道一样，开始推杯换盏。

散场的时候有人问同学A，要不要送送她，A拒绝了，说老公会来接她。

然而后来我看到她一个人往地铁站的方向走。

这世上总有些谎言让人开不了口去揭穿，也许是因为与生俱来的怜悯、善良、宽容，也许是因为在意一段关系，所以我们努力掏出宽容、善良或悲悯。

一闺密曾经是个拆台高手，在朋友圈发磨皮n次的自拍，说是素颜照的所谓"绿茶婊"永远难逃她的毒舌，我曾经劝她做人多给人留几分薄面，闺密说，怕什么，有的人就是拿来得罪的，我不在乎。可是后来她恋爱了，却隐忍得像变了一个人。

CHAPTER 4

闺密男友是个撒谎成性的人,但都是一些不痛不痒的谎,问他在干吗,对方说在看书,结果是在玩游戏。买的衣服一千多,谎称三百。问在哪儿,说回家了,结果在酒吧跟哥们儿宿醉。跟一群男男女女出差,为了不让闺密猜疑,非说只有男人……这些闺密都忍下来了,从来没有揭穿。

女人都是天生的福尔摩斯,对于男人的上千种谎言,我们有上万种办法知道真相。可这样的谎言拆穿了又怎么样?让彼此闹得不愉快然后分手?还是让对方跪下道歉?可撒谎的时候只是觉得那样回答比较省事,一来让女朋友放心,二来省得解释半天。

我提议过闺密好好跟男友谈谈这个问题,毕竟彼此坦诚在一段关系里很重要。但闺密一直开不了口,因为总是在意对方的感受,怕他觉得自己查得太紧、怕他没面子……最主要的是,她怕失去他,所以任何一点带有攻击性的话语都不敢说。不说不是因为看不穿,只是舍不得揭穿,想着只要他还爱自己,其他细枝末节就忍了吧。

每次发现男友撒谎了,闺密就来跟我诉苦,但说到最后,还是不肯去揭穿对方。直到有一次,对方谎称自己去KTV给朋友过生日……

人人都知道去了KTV那种地方,回来之后不管衣服还是头发,一定都是烟味,嘴里也一定有酒味,但此人回来的时候身上一点异味都没有,衣

129

服上还有陌生的香水味。闺密终于崩溃了,把以前的隐忍都爆发了出来,宣泄一通之后,决绝地分了手。

人生有时候不需要揭穿,因为我在意你,但人生有时候不得不揭穿,因为对你的在意伤害到了自己。

每个人都会遇到撒谎的人、装X的人,有的是有苦衷,有的是性格使然,而有的是带着坏。如果说前面两种可以慷慨给予宽容的话,最后一种不行,因为那就成了纵容。

我们在意一个人的时候,总考虑对方的感受,即使错的是对方,也担心自己的指责会破坏了关系。

不是我看不穿,只是舍不得揭穿。不是我不说,而是说了又能如何?而当我真的决定拆穿的时候,就做好了失去这段关系的准备。所以谁都别自以为聪明地欺骗,因为爱和忍耐都有限。

没被爱过的人才分不清虚情假意

老杨是我的大学室友,之所以被叫老杨,是因为她曾是整个宿舍最年长的,于是大家就这么叫到现在,虽然她只比第二老的我大一个月。

老杨长得清秀,算不得大美人,但看着干净、舒服,性格也大方。大学期间,有不少男孩子对她示好,但老杨一直说不合适。她不喜欢同龄的男孩子,喜欢成熟稳重大叔型,可是大学都快念完了,老杨还没有遇到她中意的大叔。

直到一只脚已经快跨出校门的大四那年,老杨突然恋爱了。

老杨的男朋友是在豆瓣上认识的,我们只记住了他姓王,于是大家都戏称他隔壁老王。老王是摄影好手,因为在摄影小组里发了一些作品,引起了老杨的注意,于是老杨主动搭讪,留了微信。一来二去,很快俩人从学术交流变成了情感交流。

没多久，赶上老杨生日，老王抱着一个生日蛋糕搭上火车，从a市来到b市，抵达的时候已近傍晚。那天我们一起吃的晚饭，一顿火锅，吃得尽兴。吃完老王邀请我们去KTV继续，姐妹几个自然是知趣地撤退，留下二人单独约会。

老杨几乎是踩着门禁点回的宿舍，回来时哼着歌，脸上带着小兴奋和少女的羞涩，我们一看就懂，老杨恋爱了。

老王比老杨年长几岁，长相不出挑，但属于耐看型。优雅绅士，接送她的时候会先帮她开车门，甚至她上下车的时候，会把手轻轻放在她头顶的位置——怕她磕着头。吃饭的时候会先帮她拉椅子，会给她夹菜。体贴、仔细，还有恰到好处的幽默，符合老杨心里对男友的一切要求，于是两人顺理成章地确定了恋爱关系。

恋爱后的老杨，变化先从空间相册开始。以前都是比着剪刀手的游客照或者瞪着眼睛的自拍照，有了老王之后，张张都是精选写真，把我们羡慕得不行。老杨的社交平台也是一片虐狗，贴满了跟老王的合影还有各类少女怀春的情话。

可惜因为异地，俩人每月只能见一两次，可怜热恋期的老杨饱受相思之苦，每天的日常就是抱着手机，一会儿皱眉一会儿自顾自地发笑。老杨

CHAPTER 4

每天睡前都要煲电话粥，我们听着她絮絮叨叨，各种琐事都变成了甜蜜的小情话。可渐渐地，通话时间一点点缩短了，并且我们发现，每次都是老杨主动打过去的。

老杨也意识到了，对方其实很少主动挑起话题，也不过问太多。自己把里里外外交代了个遍，老王却从不主动提起自己的周遭，问一句，答一句，跟挤牙膏似的。每次挂电话，都是对方说累了倦了或者要加班去，而老杨还意犹未尽。

老杨问，你给我拍的照片为什么不传到空间里？对方说，拍得还不够好，得再练练。老杨撇撇嘴，只好作罢。可心里却有些失衡，自己的社交平台全是他，而他的地盘却只字不提自己。

老王不爱说甜蜜的话。老杨问想我吗，对方却反问，你说呢？发过去的信息常常得不到及时回复，聊天聊一半人消失掉是常有的事。形式上是在一起了，却感觉那个人很陌生，有种无形的距离感。

失落的次数多了，老杨开始在心里怀疑——他究竟爱不爱我？

我说，很简单，你不要主动打电话过去，如果他想你，他会找你。

133

于是一天过去了，两天过去了……到第五天，都没有对方的消息。

老杨气得流眼泪，他不爱我，他一定是不爱我。

我们安慰老杨，算了，别想了，就当分手了吧。

结果第六天的时候，对方打来电话，我出差到你的城市了，晚上一起吃饭吧。语气像什么都没发生过一样，老杨心里的挣扎成了独角戏。但轻描淡写的几句话和一个不算隆重的邀请还是让老杨瞬间活了过来，她甚至都不忍心责问，为什么那几天都不闻不问？只是怕吓跑了好不容易再次靠拢的对方。

老杨梳妆打扮去赴约，心里揣着某种希冀。

他还是彬彬有礼，以前怎么对老杨的，见了面还是一样，体贴有礼。吃了饭，开了房，第二天老杨被送回学校，红光满面，喜滋滋地宣告，她的爱情又回来了。

可是接下来对方又没消息了。老杨等啊等盼啊盼，等不来一句问候，打电话过去，却无法接通。老杨急了，买了车票赶到对方的城市，直奔他家。

到了楼下，因为太久没去过，已经忘记是在哪个单元了。老杨坐在树下等啊等，等到天都快黑了，才等到老王的车进了院子。

老杨激动地起身，想要迎上去，却发现车的副驾驶有人。眼看着老王下了车，打开副驾驶的门，把一只手伸到女孩头顶护着。熟悉的动作，跟以前对老杨一样，还是那么绅士。老杨几乎是逃回来的。

回来之后，偷偷哭了好几宿。深夜怕吵着我们，躲在卫生间里一个人呜咽。

失恋那阵，老杨像变了一个人，沉默寡言，本就不胖的她，掉了七八斤肉。看得我们心疼，又无计可施，只能默默地塞各种好吃的给她。

时间一晃过去几个秋，再见到老杨，是在她的婚礼上。

许久没见，老杨更美了，穿着婚纱，像一只白天鹅。新郎我是第一次见，看得出来他非常爱老杨，对视的眼神里都是宠溺，不时问老杨渴不渴、饿不饿、累不累，就像疼一个小孩子。整个婚礼，都没让老杨操心，一个人布置完所有。

婚宴结束后，老杨想去帮忙，被新郎制止，让她留在房间里陪我们姐妹几个聊天就好。几个女人凑在一起叽叽喳喳,难逃情感话题,提起往事,老杨滔滔不绝,"现在再让我去恋爱的话,那些套路和伎俩我一眼就能识破,因为没被爱过的人才分不清虚情假意和逢场作戏。"

"如果你被真心对待过,就永远不会为一个不爱你的人找理由,苦苦挣扎在他爱与不爱的蛛丝马迹里,不会把他的寡言少语、冷漠、不耐烦理解为性格使然,不会把他的不闻不问、爱答不理归结为忙,不会把他的不善解人意理解为不擅恋爱。

"爱是有情绪的,他会紧张你的紧张、不安你的不安。他会在任何时候想起你,而不是空闲寂寞的时候。他会给你你想要的,他会心疼你,会怕失去你……而让你胡思乱想的人,都不爱你。

"我没有先遇到对的,所以曾经眼拙识不破错的,可正因为吃过亏,于是更珍惜对的。

"欸?现在这些技能好像对我都没什么用了呢,只能传授给你们单身狗了,加油吧!"老杨摸摸微微隆起的肚子,笑得很幸福。

要放弃那个单方面很爱自己的人吗

朋友最近很苦恼,明明不爱男友了,又不忍心分手,深夜里提起来,几次泪流满面。

两个人谈了三年,从朋友到恋人,自然而然在一起了,可始终唤不起朋友强烈的爱意,那种怦然心动的感觉更是从来没有过。于是像嚼到无味的口香糖,吐了舍不得,吃着又没味。心里有万千对爱情的幻想,却无论如何都与身边这一个关联不起来。

一个人爱另一个人,不相干的旁人都能感受到,不爱也是。

平时聚会,朋友从来不带男友,周末也经常是跟姐妹们一起聚,很少跟男友约会。我开玩笑说她过得像单身,男友不会是编的吧?朋友哈哈大笑,笑出一脸落寞。

是男朋友不够好吗?不是。论长相、学识、人品各方面都不错,还深得朋友和父母的欢心。人也上进，努力赚钱，说要在北京周边买套房，然后娶朋友为妻。

朋友是坏女人吗？更不是。她会给男友买衣服和各种礼物，甚至比对方付出的物质还多，待他像亲人，但也只是像亲人。可她也是有情绪的普通人，面对越来越没有共同语言的爱人，又如何上演柔情万种的戏码。专属于爱人之间的温柔撒娇都使不出来，一颗少女心无处安放。

于是朋友开始自责，一边怪自己不知足，一边逃避，每天都是男友打电话来关心，而她从未主动发过一条消息。

我说既然那么难受，不如分手吧。她说，可是他又没有做错什么，不忍心……

我深知劝和不劝分的道理，于是不再说什么。

可在深夜的车站，看到她接起男友关切的电话一脸的不耐烦时，还是忍不住在心里轻叹一声。

也试过这种感觉，一个人纠结了很久，最后，还是咬咬牙分了手，逃离了整座城市。

CHAPTER 4

跟一个熟悉的人从此分道扬镳或跟一个不爱的人厮守终身,不管哪个,都令人绝望,而这件事,刚好两样都占齐了,可是细想来,后者好像难过得久一些。

记得以前提到择偶标准,有人说,要找特别爱自己的,可单方面被爱就幸福吗?当你面对一个人,他哪里都不算差,对你也好,却偏偏爱不起来,那种感觉是很折磨人的。

你所有的爱情幻想都与他无关,无法从心底里对他生出温柔,耐心和热情也大打折扣。表面上你已经拥有爱情,但心里却分明期待着别样的爱情,他给你一车梨,你却只想咬一口苹果。于是分开又舍不得,在一起又觉得憋屈,成了所谓的鸡肋,食之无味,弃之可惜。

在我纠结的那段时间里,问过两个闺密。

一个嫁的人,他们从中学起就认识,恋爱了十几年,是彼此的初恋,最后结了婚,生了个可爱的宝宝。要说爱情,是早已没有了,牵手的时候像左手摸右手,但对方真的是很适合托付终身的人,有才华、会挣钱、老实、不花心、没什么可挑剔的。她告诉我说:"要懂得珍惜,所谓轰轰烈烈的爱情不是每个人都能有幸遇到,细水长流才是对的,所有的爱情都会归于亲情,不可能永远充满激情。"

另一个闺密说:"你还没有遇到能让你奋不顾身的人,你要等,可能会晚一点,但你要相信,一定会有那个人。"

而她遇到那个人有点晚,在三十岁的时候。二十来岁时也谈过几场寡淡的恋爱,对方爱得全情投入,自己却像挠痒痒,后来以为爱情也就那么回事了吧,最后跟家里认为的最合适的男人结了婚,生了孩子。对方没什么毛病,对自己好,性格也温和,但总是亲近不起来,同一屋檐下,却像个室友。后来有天她做了一个梦,梦见女儿远嫁,自己也老了,独自在一个荒无人烟的地方奔跑,一边跑一边呼救,却不见一个人影。哭醒之后突然觉悟,自己的人生不应该是这样的,跟一个不爱的人走到最后,换来老无所依。后来不顾家人反对,她离了婚,而现在,终于如愿以偿遇到了那个对的人。

我觉得她们都没错。

廖一梅说:"爱情不是永恒的,但追求爱情是永恒的。"只不过有的人忠于爱情,有的人忠于生活,而前者要辛苦一些。毕竟爱情都会变淡,等时间一久,把对方从性格到身体都探索了个干净,闭着眼睛都能找到对方后背的痣,那时脱光了衣服相对而立,都难以勾起欲望。而退去激情的爱,往好了去,是转化为亲情;往坏了去,甚至可能成为陌生人或仇人。

忠于生活的人不愿意折腾，知足常乐，拥有六十分的幸福就够了，虽然有时也会厌倦，但扔下这六十分去找不知在何方的一百分，风险还是很大的。但忠于爱情的人可不愿意这么将就，他们要爱，视爱如命，所以要不顾一切，要轰轰烈烈，即使为对方失去全世界也不可惜。可这样的感情太少了，什么时候能遇见，以及会不会遇见，都是问题。

古有梁山伯与祝英台为爱殉情，今有美少女为钱嫁"土大款"。每个人都有自己的选择，而这些选择是跟道德无关的，我不会抨击选择物质的人现实，因为付出物质的那方一定也得到了自己想要的，各取所需，这很公平。而为了爱不顾一切，不管父母亲友反对，不顾现实残酷，甚至放弃生命去爱，也不见得就有高人一等的伟大。不过都是选择罢了。

但不管选择什么，重要的是忠于自己的内心，如果物质能让你快乐，那就物质第一；如果爱能让你快乐，那就爱情为上。人活着，应该先对自己负责，自己都过得不好了，哪还有力气让身边的人开心？记得小时候，爸妈一吵架，我妈就会对我爸说气话——要不是因为孩子，早就跟你离婚了！年幼的我为此很焦虑，当时的内心想法其实是，如果离婚能让你们过得快乐一点，那不如离了算了。不过好在真的只是气话，经年累月，俩人都磨去了角，现在一片太平。

说回主题，朋友之所以犹豫不决，不是因为不知道自己要什么，也不是因为道德感约束，其实还是自私，因为没有遇见真正想爱的人，以及对未来的不安全感作祟——放弃这个人，会遇到更爱我我也刚好很爱的人吗？

她自己也承认，一旦遇见真正喜欢的人，一定不会这么纠结。可机会总是均等的，当你眷恋旧的，就难有机会接触新的。这个道理我不敢对朋友说，因为左右别人的选择是很危险的事，也许从此就改写了对方的人生。也许她会后悔，而我无法对她的后悔埋单。

在我写这篇文章的时候，朋友早已经回归单身，我问她，单身的感觉怎么样？她说，实在是太他妈爽了，一身轻松。而出版前再次修订这篇文章的时候，她已经恋爱了，对方是她的同行，有很多共同语言，并且一起开了家工作室，过得很好，替她开心。

其实不管做出怎样的选择，忠于自己的内心就好，当这段感情让你感到愧疚或委屈时，就不必勉强继续，毕竟人首先应该为自己活不是吗？当你都觉得不开心了，还怎么给别人快乐？

也许你放弃了那个人，会感觉轻松，很快迎来新生活，也有可能后悔，再也无法挽回。但无论怎样，请无怨亦不悔。

他没亲口说喜欢你,就先别想太多

男女交往第一条,就是把吃饭、看电影当作稀松平常的事,就像进便利店买个饮料一样随便,聊天也是很正常的事,别以为是多盛大的精神会晤,更别觉得人家约你见几次面、多说几句话就是喜欢你了。能保持平常心自然最好,别觉得人家对你关心一句就是爱了,晚回了消息就是世界末日。因为在对方亲口说喜欢你这件事以前,想得越多,伤心的风险也越大。

昨晚朋友来敲门,蓬头垢面,泪眼汪汪。我开门见状,一脸惊慌,这是咋了?

失恋了。朋友说着伏在我肩头上开始抽泣。

你啥时候恋爱的?我咋不知道?

说来话长。

接着朋友进了客厅，打开冰箱先吃了一根冰棍、一包薯条、一碗泡面，然后抱着半个西瓜，边用勺子挖着吃，边讲述起了她的伤心事。

朋友思绪混乱地讲了一堆，总结为一句话就是——暧昧对象结束单身了，女友却不是自己。

渣男，都是渣男！朋友咆哮着往嘴里送了一大口西瓜。

我：他跟你表白过吗？

朋友：没啊！

我：那他没骗你什么啊，不算渣男吧。

朋友：可是他的每句话、每个行为，都像是在表白啊！

我：对你好只是把你当朋友吧，误会一场。

朋友：哪个异性朋友会没事天天关心你吃了没，睡了没，人在哪，做着啥？天天嘘寒问暖谈天说地汇报吃喝拉撒，比上班打卡都勤，上班周末还休息呢，他倒好，每周无休，风雨无阻地坚持了一个多月。我就算是

CHAPTER 4

拉拉，他是gay，我也会怀疑是不是有一方直了，何况我们本来比尺子都直。

我：这样啊，那是很不寻常，按理说，这么做的话，应该是喜欢你的啊……

朋友：打雷了，我发个朋友圈说害怕，不出五分钟就能接到他的电话；方案做不出来，他熬夜帮我改；生病了，他给我送药送吃的；我加班到深夜，他怕不安全，特地去接我……我们的关系好得像情侣，就差一句表白了。

朋友说到动容处，放下勺子嗷一声又哭了起来。

我轻轻拍着她的背：哎，那是他不对。这样不管换成谁，都会误会啊。这不就是传说中的暖男吗！

朋友：是啊，不喜欢我干吗对我好？爱心泛滥那就去关爱孤寡老人、山区儿童啊！关心我干吗啊！你应该写写这种情况，告诉姑娘们，别上暖男的当！一个男人喜欢你，一定会说出口的，他会想拥有你，怕失去你，而不是保持忽远忽近的距离，或者让你费尽心思猜他的心意。只要他没有明确表白，就不要妄下结论！也许人家只是博爱，为你上刀山下火海，

145

也只是因为伟大的英雄主义。

朋友说罢，抄起勺子又吃了一口西瓜：暖男！我草泥马！

我：这句也写吗？

朋友：写！对了，还有西瓜吗？

哪有什么有缘无分

前一阵做了个媒给两个朋友牵线，男生是一个飞行员，女生是服装设计师，俩人无论外形还是条件都相当不错，只是因为工作忙加眼光挑剔，所以一直单着。那天飞行员朋友说让我帮忙介绍对象，我正好刷到设计师朋友发的自拍，一看俩人挺配，于是就顺手把照片发了过去。朋友很满意，于是在我的撮合下，俩人互加了微信。

几天后，得到反馈，聊得很投机，男生的幽默和女生的俏皮，配在一起很快擦出了火花，可男方因为工作问题，满世界飞，过了大半个月，都还没见上，直到认识三周后，才腾出了时间。

就要见面了，俩人都激动不已，商量着碰头地点，男方住首都机场附近，女方住四惠。男方问，我们在哪儿见？女方毫不犹豫地选了个离自己最近的地儿，那就朝阳大悦城吧，好吃的还挺多。男方一看，我去，距离自己二十多公里，太远了，于是建议说，不如我们折中一下，去望京吧。女方一想，不来接我就算了，还让我一个女孩子跑那么远，凭啥？你男人家家的不应该过来找我？于是说，太远了，不想去那边。男方也不乐意了，这么娇气？于是赌气说，那算了，下次方便再见吧。

很快设计师朋友来找我吐槽了，这个男的咋回事啊，二十多公里怎么了？这才刚开始就不知道付出，以后还指望啥？这连考验都算不上啊，一点儿诚意都没有！会不会追女孩子啊！

我一听，也是啊，于是去跟飞行员朋友沟通，劝说，这才刚开始，你就让着人家一点嘛，毕竟是女孩子。

结果朋友也开始发牢骚，我工作黑白颠倒很辛苦的，她就不能体谅我一下吗？我晚上吃完饭还得赶回机场飞下一班，去太远万一堵车导致迟到怎么办？谁对那么多乘客负责？如果她连这点都不体谅，将来在一起了也会有很多争吵，不合适。

我一想，好像也没错，于是问，那你有告诉她晚上还要工作的事吗？

朋友说，没用的，说了对方只会以为是借口。

自己做的媒，哭着也要牵完线。于是我又去跟设计师朋友解释，对方是因为有工作在身，所以不能去找你。本以为设计师朋友会消气然后和解，没想到对方却更生气了,吃个饭能要多久?没时间就别约!

于是我不再多言。

其实说到底,就是双方都更爱自己而已。倒也不是谁的错,毕竟只有一点好感支撑,没有什么感情基础,又都未曾谋面,自然是不舍得付出。

一开始就想试探和求证对方,都端着,不肯多付出一分,这样傲气的两个人碰到一起,无人妥协,自然就没有了以后。加上双方条件都优越,习惯了被捧着,而被爱惯了的人,难免会有些霸道。在遇到有人不肯为自己低头的时候,脑子里就想起那些爱过自己的人,心想,别人都可以,你为什么做不到?既然做不到,凭什么让我喜欢你?于是头一扭,一拍两散,再回首时,只一句"ta不怎么喜欢我"或"有缘无分"带过。

可如果一开始换位思考下,男生说,我去找你吧,女生说,你那么远,我们还是折中一下吧,结局就完全不一样了。

哪有什么有缘无分,就是太矫情了。

还有,我再也不想给人介绍对象了!

我喜欢的人从不刻意炫耀什么

闺密前一阵参加活动认识了一个男生，第一印象不错，简单寒暄了几句，走得匆忙，加了微信就散场了。到家后打开对方朋友圈，震惊了，全是晒的车、房子、名牌……去高档餐厅会晒一下，去shopping要晒一下，虽说是出生名门，但却一副暴发户气质，闺密对其印象值骤减。

后来单独见了一次，闺密一上车，对方先把自己的车介绍了一遍，有哪些功能，哪个按钮控制哪里，费了半天劲，就是想嘚瑟自己的新车，不知道还以为卖车的。吃饭的时候更是令人咋舌，聊自己爸爸是政要，妈妈开了两家公司，聊家里拥有多少藏品，在哪些地方有房子……

如果换作别的女孩子，可能对这样家世的人是趋之若鹜，但闺密这种书香门第出来的白富美，此类"土大款"气质，只会让她嗤之以鼻。后来闺密自然是不再搭理这位炫富小哥，可能到现在对方依然不知道自己做错了什么。

CHAPTER 4

记得大学时候，有个男同学来跟我搭话，自我介绍一开口是先提自己老爸叫××，我一脸惊愕，摇头说不认识，对方又报来他爸爸的官位头衔，看我依然摇头，对方才有些失望地报出自己的名字。因为是一个班的，即使心里很不喜欢这个人，后来对方找我说话，也还是勉强应付着。有一次，对方又提起自己爸爸，我实在忍不住了，讽刺道：你应该让你爸爸提起你的时候骄傲，而不是整天在外面以拼爹为傲！对方哑口无言，后来再也没跟我说过话。

爱炫耀难免给人一种暴发户的感觉，不管是晒物质还是晒成就。赞美的话，要从别人嘴里说出来才是夸，而自夸，等于自黑。

认识一个人，小有名气，确实有点本事，但经常当着众人的面，对自己的业绩吹嘘，在群里也总是把话题往自己的成就上面引，久了我觉得很不舒服，当时以为是自己太小心眼了，结果有次聚会他没来，有人提起，都说这个人很自大，膨胀得厉害。

除了现实中，每个人的朋友圈也一定有不少爱炫的人，晒方向盘、晒头等舱、晒名牌包……有次在群里，一个朋友发来自己朋友圈的截图，女生抱怨堵车，配了一张图，明明晒的是男朋友的方向盘。这一下让大家纷纷开启了吐槽模式，其中一个好笑的事让我印象深刻，说有人装逼却吃了没文化的亏，配文"谢谢亲爱的××从美国亲自带回的礼物"，配

151

谁不是
学着去爱

图一看英文——雀巢咖啡（不得不说还真是本土特产）。更有甚者，为了晒方向盘，戴着超大的墨镜自拍，费尽心机将方向盘上巨大的LOGO照在墨镜正中央，装作不经意。

爱发朋友圈当然没问题，但要分清楚分享和炫耀的区别。我有，你也可以有，这是分享；我有，你有不起，这是炫耀。

有句话说得好，叫闷声发大财。你有多少钱，别人花不着，也并不关心，晒出来，要么招人厌恶，要么招人忌妒，甚至还容易引起灾难。

老家有个官二代同学，爸爸是当地挺大的官，后来被送出国留学了，结果这货不是省油的灯，整天微博晒老爸买的豪车、豪宅，结果被人举报到纪委，他爸直接进去了，到现在还没出来。

亦舒说："真正有气质的淑女，从不炫耀她所拥有的一切，她不告诉人她读过什么书，去过什么地方，有多少件衣裳，买过什么珠宝，因她没有自卑感。"说简单点，姿态要大方，切勿似小老鼠偷到油，或是似小捞女找到户头。

《请回答1988》里，阿泽下棋赢了，但记者却一副冷漠脸，德善问，这是怎么了，输了吗？记者说，赢。德善纳闷，赢了为什么不嗨一点？

记者说，这是围棋精神，不以胜而骄、败而怒。虽然看来太过刻板，但想想也不无道理，如果赢了就当场喜形于色，显得像是赢得侥幸，也惹输家忌妒，不如关起门来跟家人好友偷着乐。

有个好朋友，我觉得他近乎完美，明明很有才，却从来不张扬。从别人嘴里听说，他家境很好，书香门第，爸妈都是有头有脸的艺术家，但他自己却从来不提出来嘚瑟。我们聊天很轻松，他从来没有得意过自己的成就，也不炫耀自己拥有的东西，谦和有礼。他的社交平台很少发东西展现自己，但每个人提到他，都是赞不绝口，觉得他像一块璞玉，不独自闪耀，却还是让人屡屡发现他的美好。有时候我遇到难题了去征求他的意见，他总是回答得非常诚恳，没有一点好为人师的得意，常常让人禁不住感叹为什么会有如此完美的人。

那些我喜欢的人，从不刻意炫耀什么。我喜欢你，也不是因为你拥有什么。

关于你的好，我全都知道，还用你说？

我以为你不喜欢我

酒足饭饱之后,大家开始闲聊,最年轻的A君挑起了话题,得意扬扬地说,自己光看眼神就能知道妹子会不会喜欢自己,再多聊几句天就能知道会不会有发展。

最年长的B君开口了,快得了吧,我年轻的时候也跟你一样自以为是,结果错过了喜欢的妹子。当年妹子见到我总是很冷淡,眼神相逢,对方总漠然地转过脸去。跟偶像剧里演的完全不一样啊!于是我心灰意冷之下果断放弃了。后来同学聚会,心里释然了,才敢开口说当年如何喜欢她,结果对方说也喜欢过我,但看我没什么表示,也以为不喜欢自己。可惜当时只能留下悔恨的泪水,因为对方已经结婚了。

我以为你不喜欢我,这句话如果放在大团圆的时候是美好的,但物是人非的时候讲出来未免太过遗憾。

以为?人们以为对的事,又有多少错误的概率?

B君的话让大家沉默了几秒，气氛莫名忧伤起来，为了活跃气氛，有人开始起哄A，你快看看小九会不会喜欢你。我假装镇定，不说话，但心里还是莫名期待起A的回答。

A君摸摸后脑勺，不好意思地笑笑，九哥肯定看不上我啊，她应该不喜欢比自己年纪小的，喜欢成熟稳重的吧。说完A君望向我，像是在等待认可。

跟A是老友了，一直拿他当弟弟，所以根本没有情愫在，主要原因倒不是他年纪小或不成熟。于是我笑笑附和他，对啊，小屁孩。

我不禁陷入了深思，假想A其实喜欢我，我也有一点喜欢他的话，我们可能也错过了。因为他的臆断，让他失去了努力争取的动力，而我也会因为他的不努力，判断他不喜欢自己。如果彼此都以为对方不喜欢自己，就会像同极的磁铁，因为排斥而无法靠近。

以前觉得自作多情的人太多，总以为对方多看自己一眼、多发两条消息就是喜欢自己了，现在倒好像反过来了，人们的自以为是变成了否定自己对他人的吸引。你对我不热情就是不喜欢我，稍有怠慢就是没戏，于是霸道地将一段关系判了死刑。甚至躲起来或快马加鞭地逃走，生怕别人先走了显得自己丢脸。到最后真的拉开了距离，再自叹机智，看吧，

155

我就猜没戏。可你从来没有努力过，当然没戏。

人们总是爱这样自作聪明，以为否定了一段关系的可能，不去努力，就可以降低伤心的风险，其实遗憾才更可惜吧。

不光是爱情，友情有时候也输在自以为对方不喜欢自己。

有次X办家庭趴，我说J也在北京，叫他一起吧？X说，我之前给J发过几次消息，他都不回，感觉他不喜欢我，算了吧。我说不可能，他干吗不喜欢你？而且他也经常不回我消息啊。为了证明，我还特地截图跟J的聊天记录发给X，对方看完释然。后来聚会上，我故意质问J，为什么总不回我们消息！J一脸惊讶，你们啥时候给我发消息了？

想起有一次聚会，酒桌上一朋友喝多了，问我是不是不喜欢他，我一脸惊讶，说没有啊，怎么会这么觉得？结果对方说有次跟我聊天，我说困了，然后彼此道了晚安，结果过了很久看我发了一条微博。当时我百口莫辩，因为已经完全记不起这件事了。可能聊天的时候我是真的疲于打字所以结束了对话，之后发微博的事更是记不起了。但细想起来，确实那次对话之后朋友就再也没找我聊过天……好在对方说出来了，我也解释了，不然绝交得不明不白。

此类"我以为你不喜欢我"引发的玻璃心,我以前也常有,比如发现一个朋友经常评论其他朋友的朋友圈,却跟我少有互动,就想,这个人是不是讨厌我啊?于是去问我们的一个共同好友,Q是不是不喜欢我?朋友惊讶,没有啊,怎么可能,你千万别多想,只是你发的东西没有戳到对方的兴趣点吧。当时以为朋友是安慰我,后来有次发自己做的菜,Q来点赞,问什么时候可以来蹭饭,我才真正相信之前确实是自己想多了。

因为此类细枝末节的事断定对方不喜欢自己的例子身边太多了,而这样的情绪都是因为太在乎对方从而产生的患得患失。可很多时候,别人没有你想象中那么爱你,也没有想象中那么不喜欢你,所以不要急着逃跑,忘记那些你自以为是的判断,少一些玻璃心,轻松愉快地相处,喜欢你的,一个都不会溜掉。

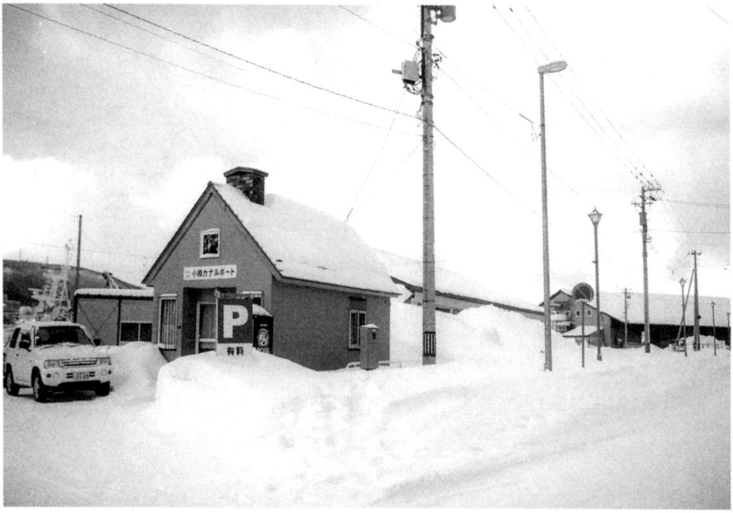
小樽カナルボート
P
有料

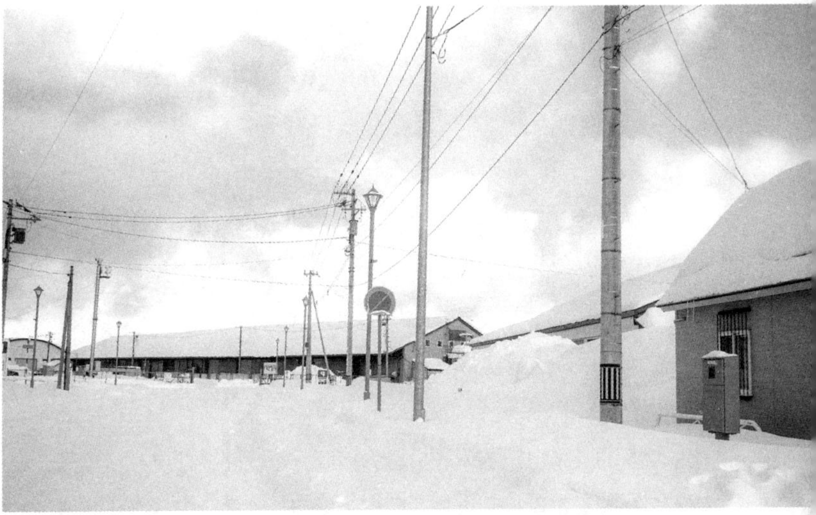

我不了解你，但我想了解你

有妹子私信我说跟喜欢的人表白了，对方的回复是，我们都还不熟悉，你了解我吗？

妹子被问蒙了，这是婉拒吗？

妹子喜欢的人是自己的学长，因为属同一个社团，打过几次照面，但接触不多。眼看着学长临近毕业要出去实习，就要分道扬镳了，妹子这才着急了。千言万语憋成了一句我喜欢你，却被对方一句话问蒙了。

其实从这句话很难分析对方是婉拒还是试探，有两种可能，一是确实因为不熟或没自信，所以没安全感，怕自己没对方想的那么好，了解之后失望，于是试探性地问出这句话；还有一种可能就是真的婉拒，我们不熟，还是做朋友吧。这个借口很好用，因为说起来也不是因为不喜欢你，所以不怪你不好，只是我们不熟。

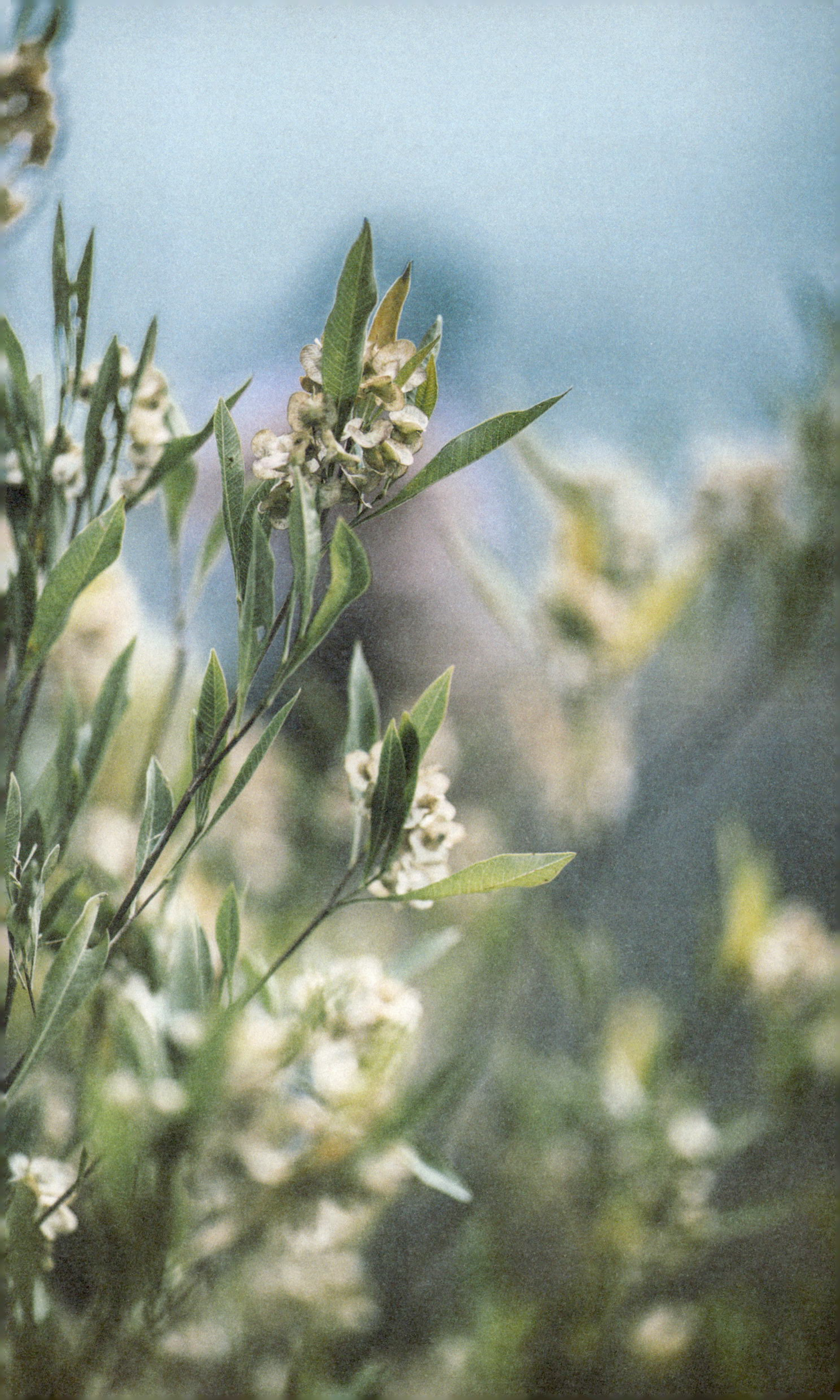

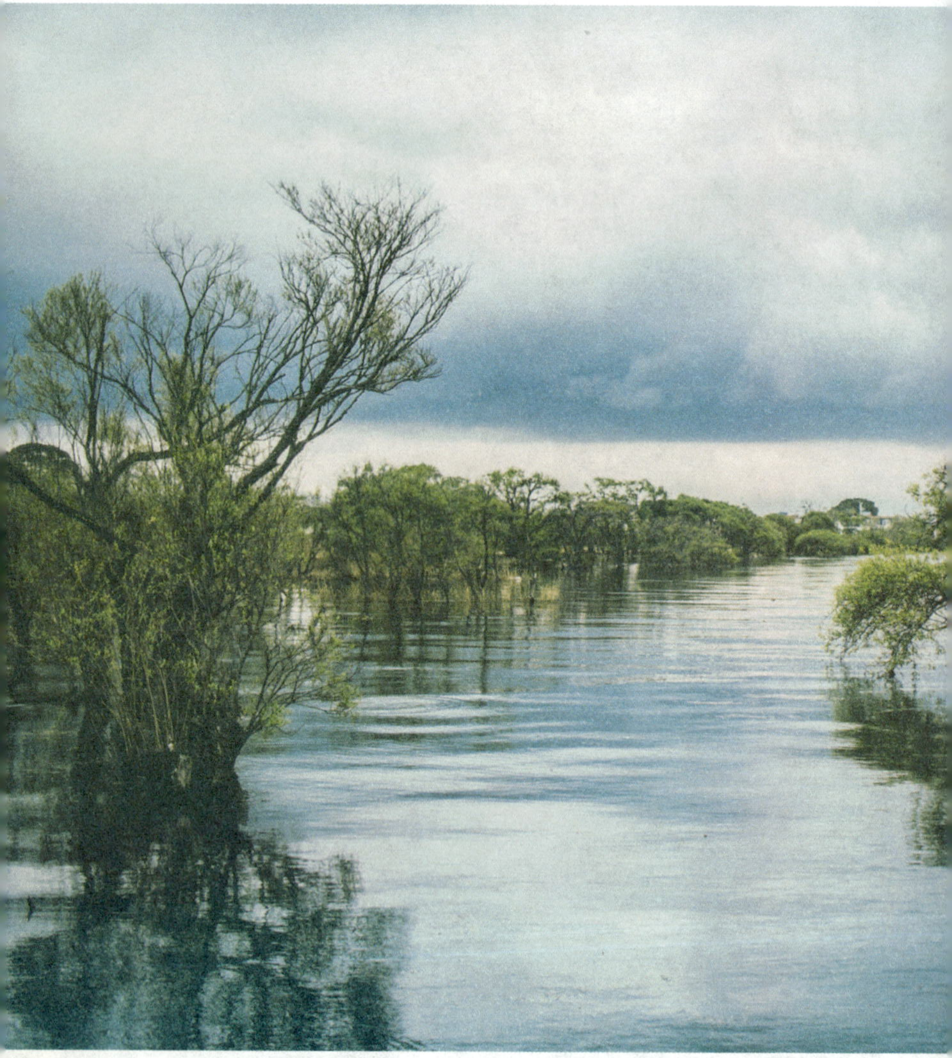

〰 有时候你放不下一些人事，不是因为人和事本身多么不可取代，而是因为自己在那些人和事上花费了时间和精力，他们才变得重要。

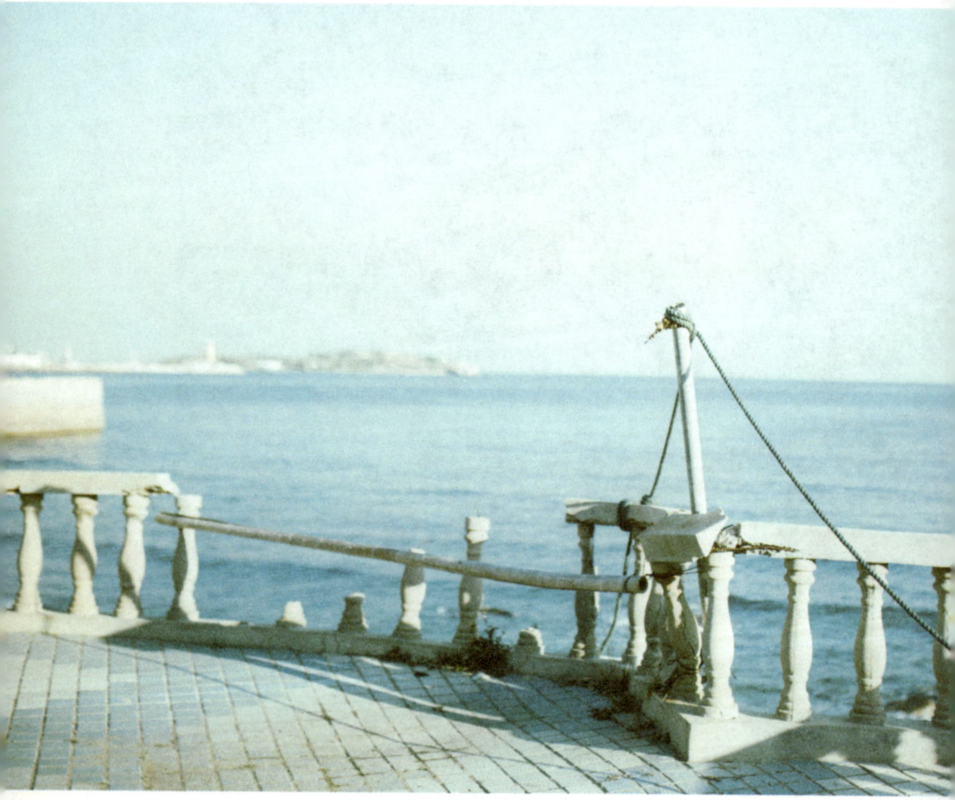

〰 我们总难免为一些不重要的人伤心，
　　就像窄小的抽屉里永远被无关紧要的东西塞得满满当当。
　　你攒着那些废物不舍得丢掉，
　　不过是没找到更重要的东西放进去。

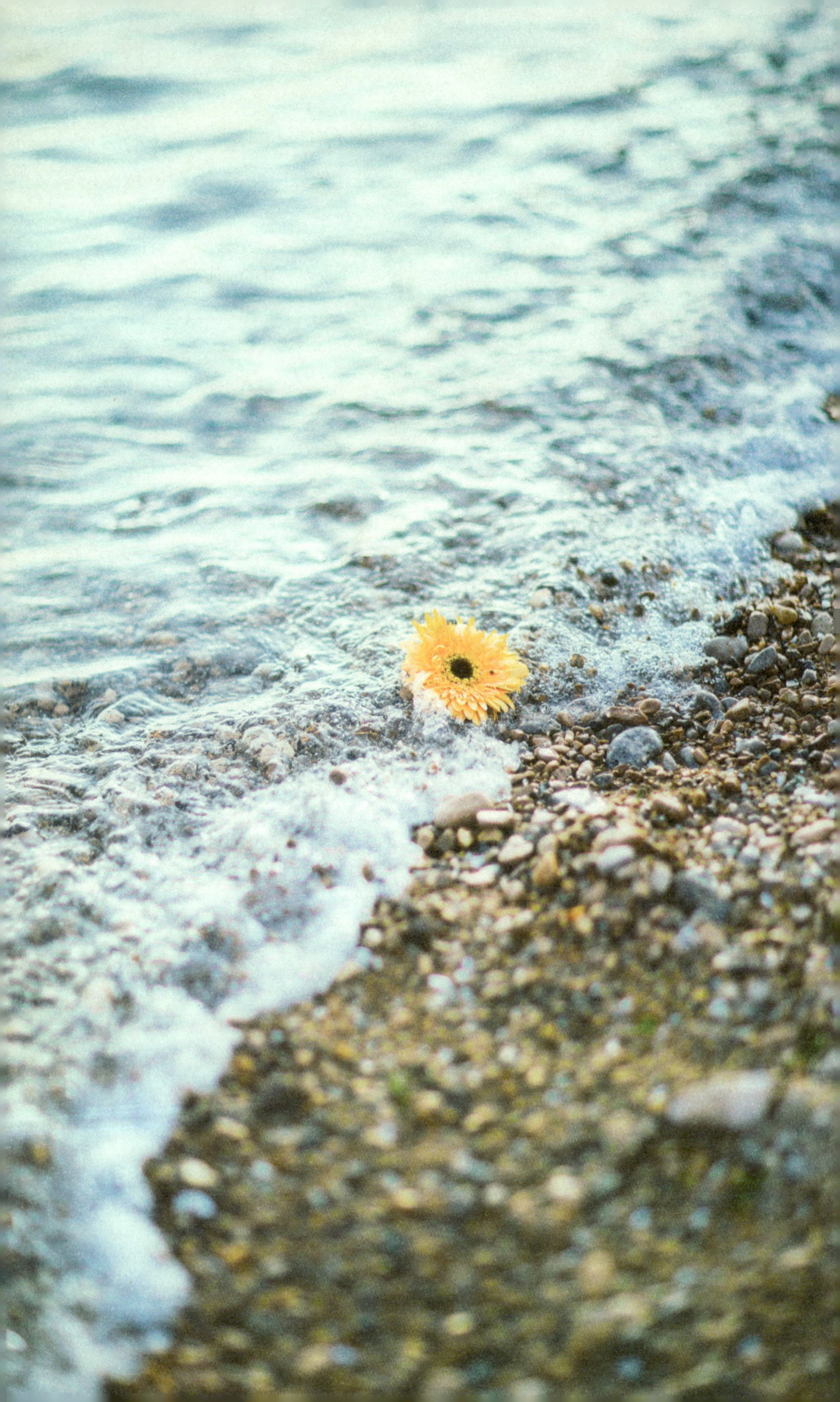

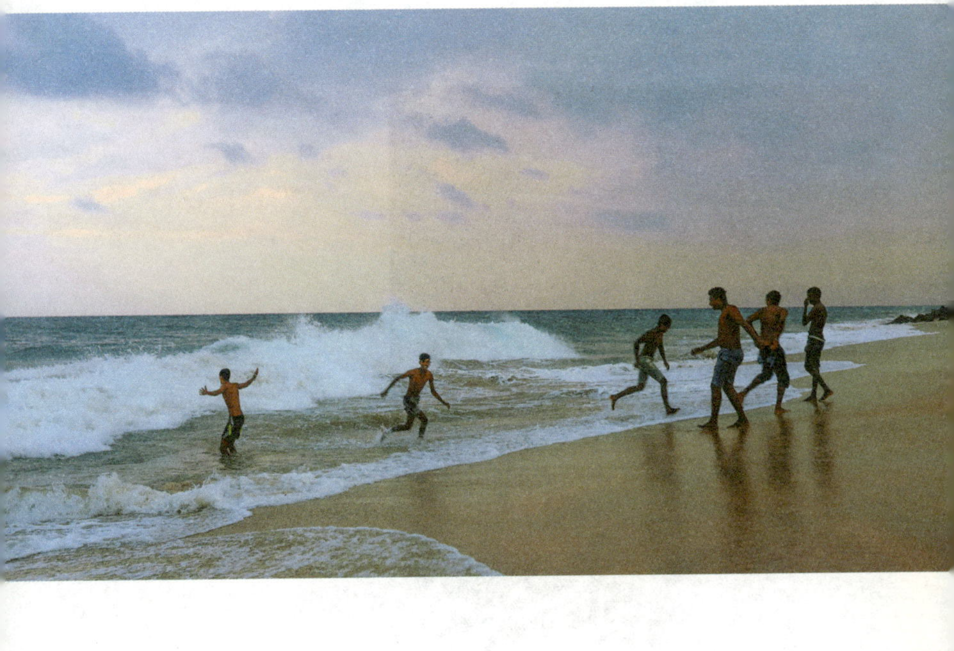

≈ 遇见你，就好像穿过长长的黑暗的隧道，突然迎来了光亮，明晃晃得人睁不开眼。

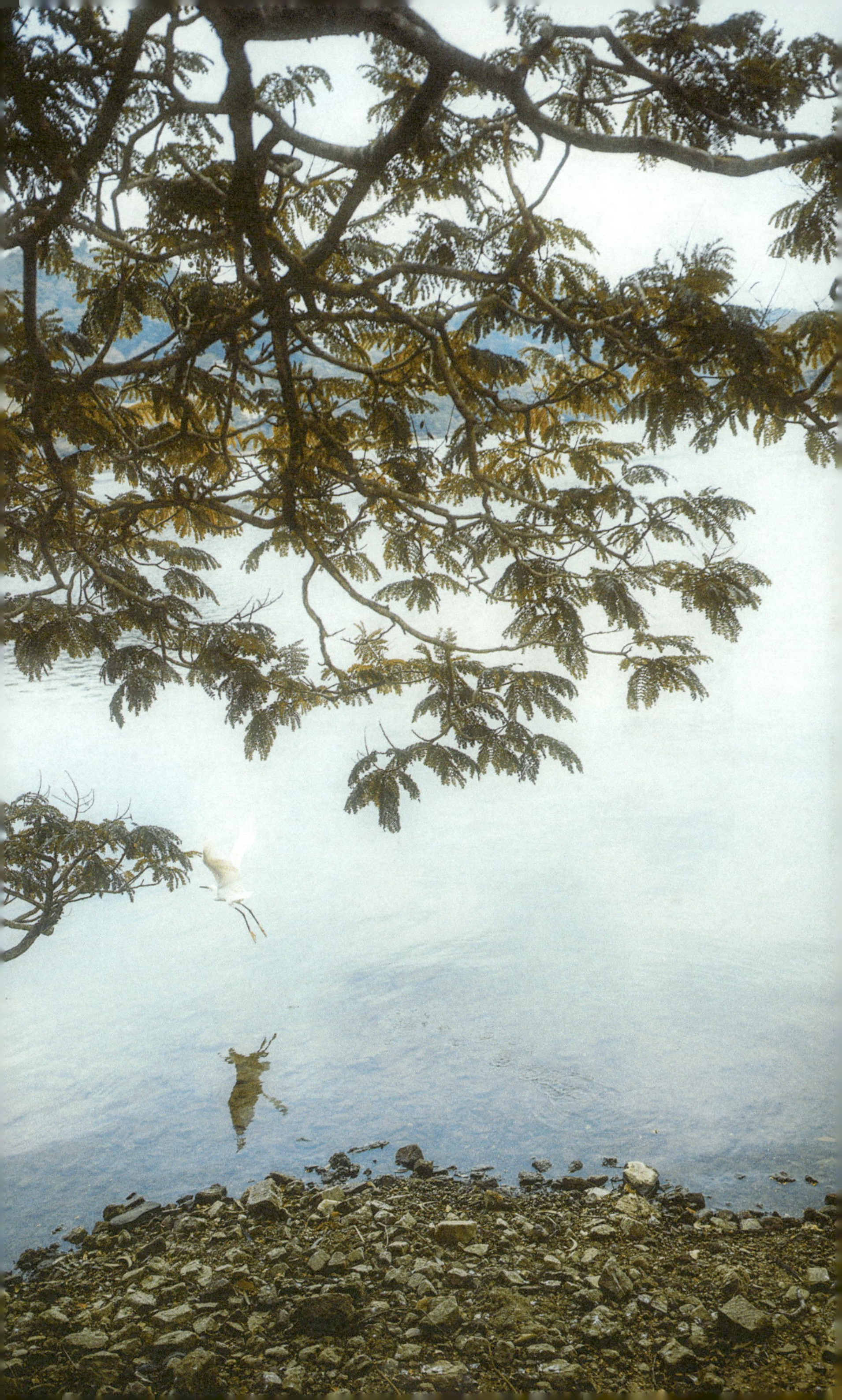

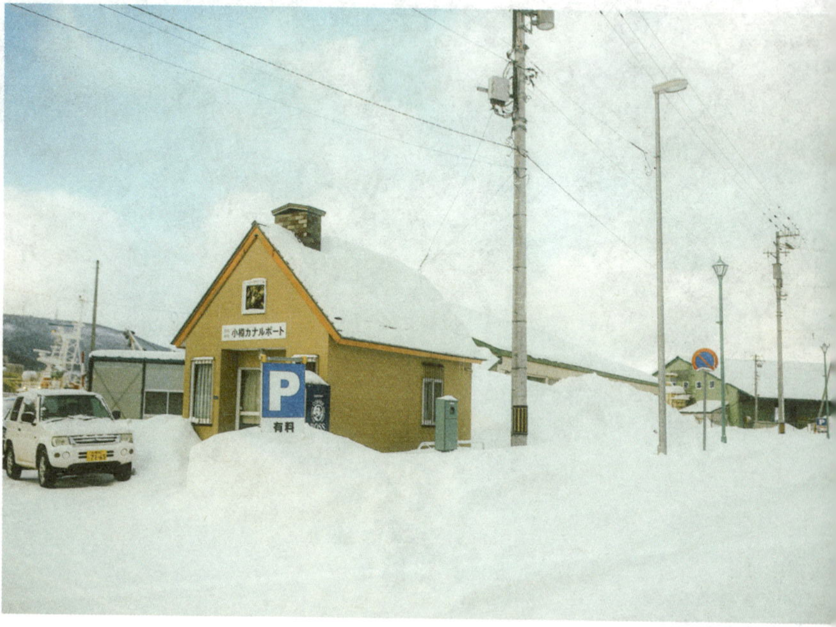
小樽カナルポート
P
有料
BOSS

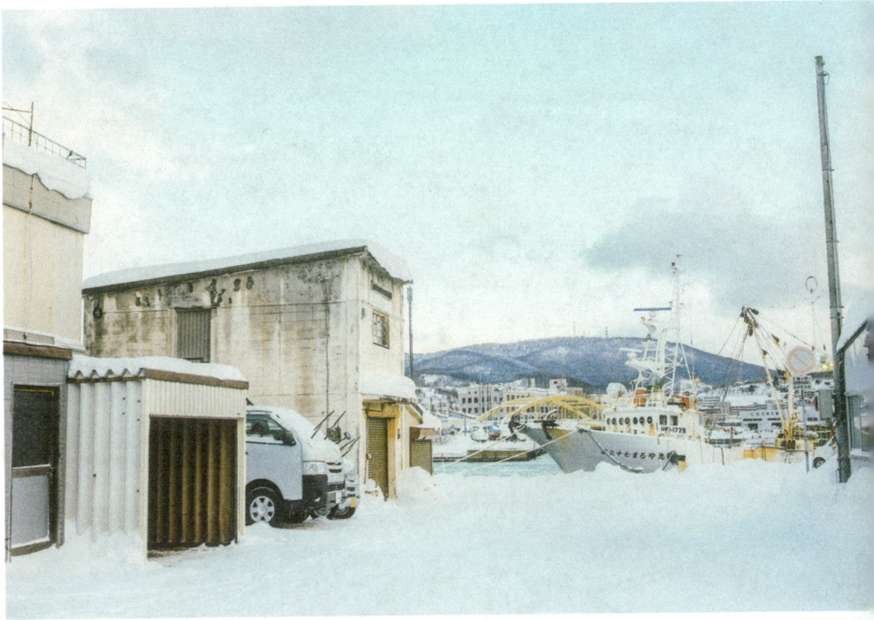

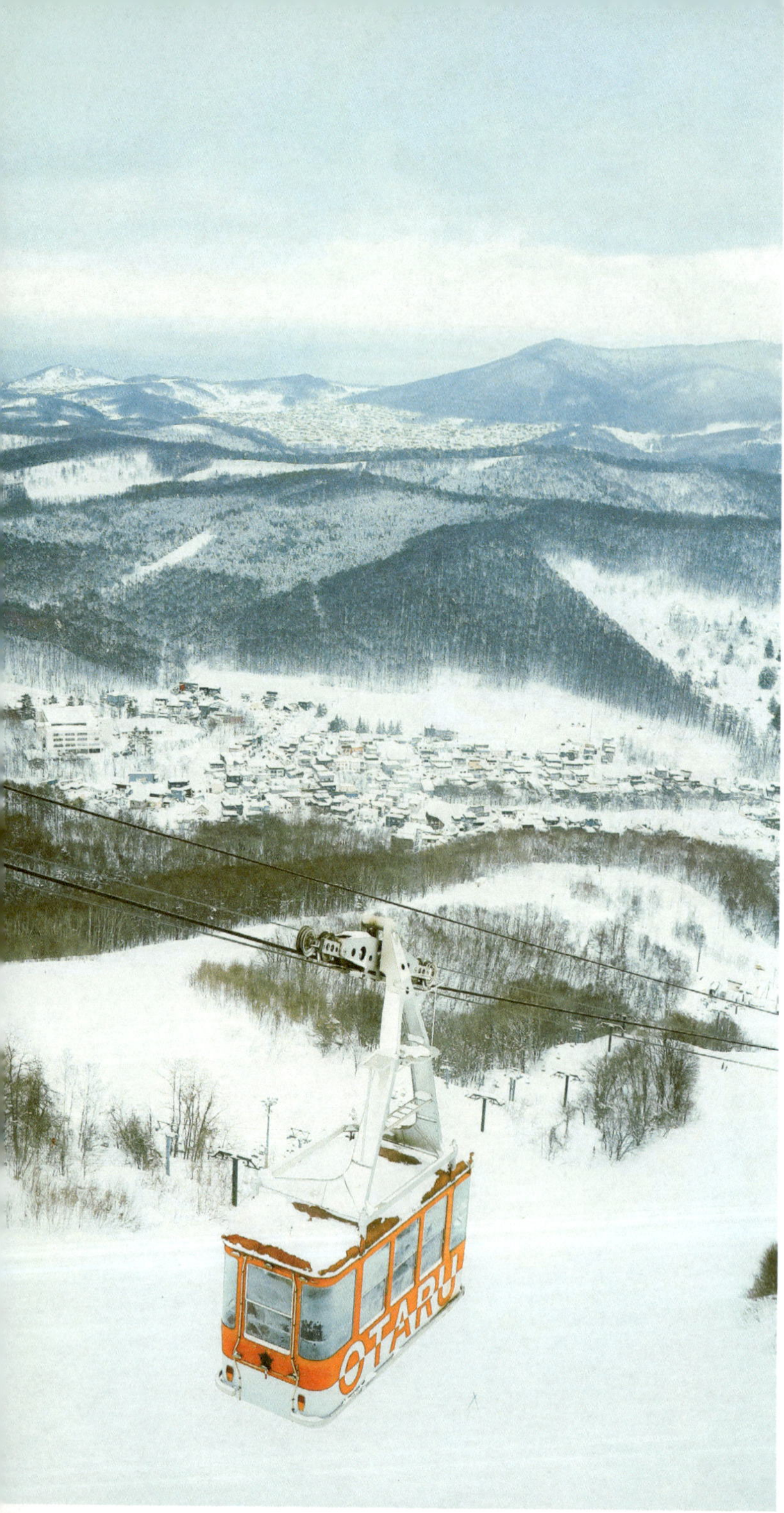
OTARU

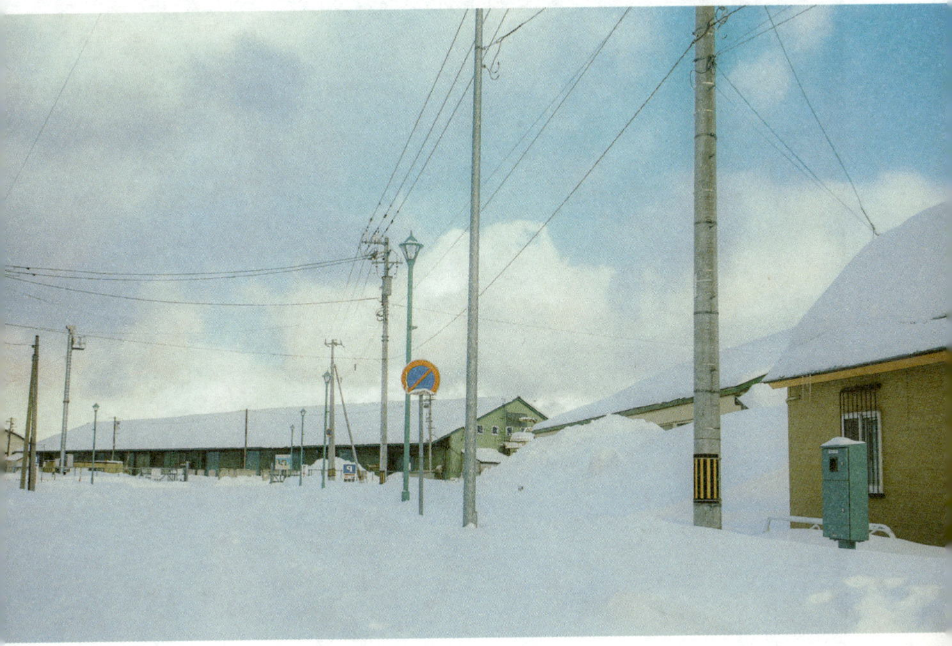

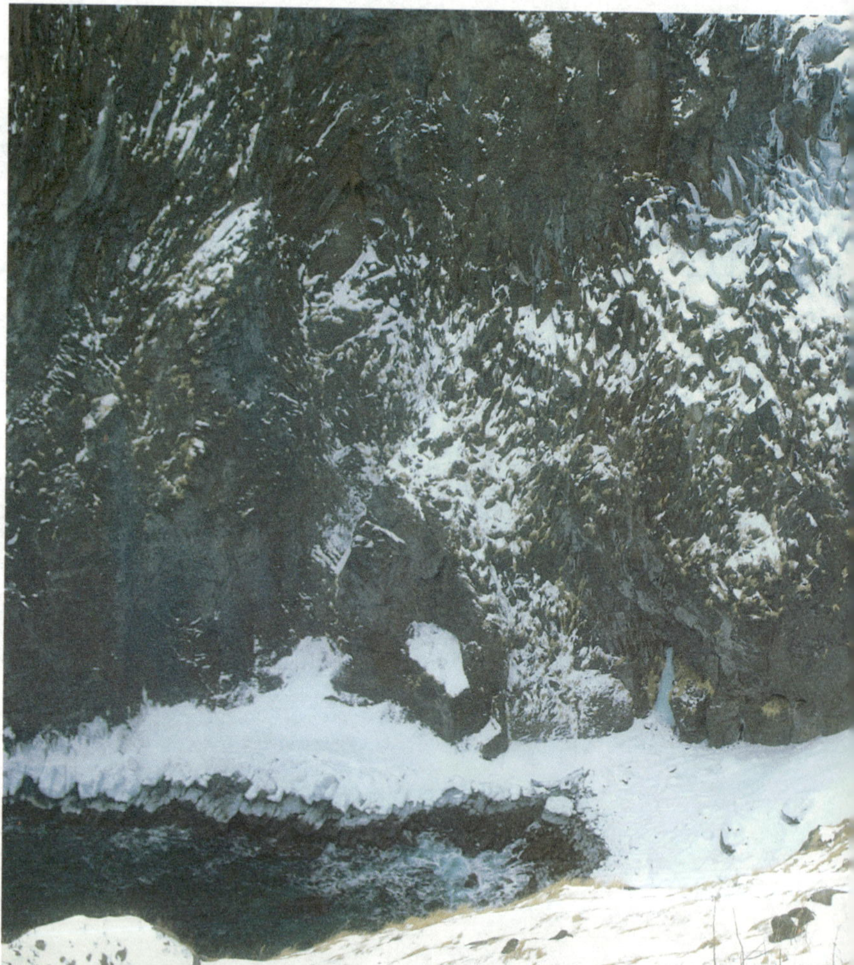

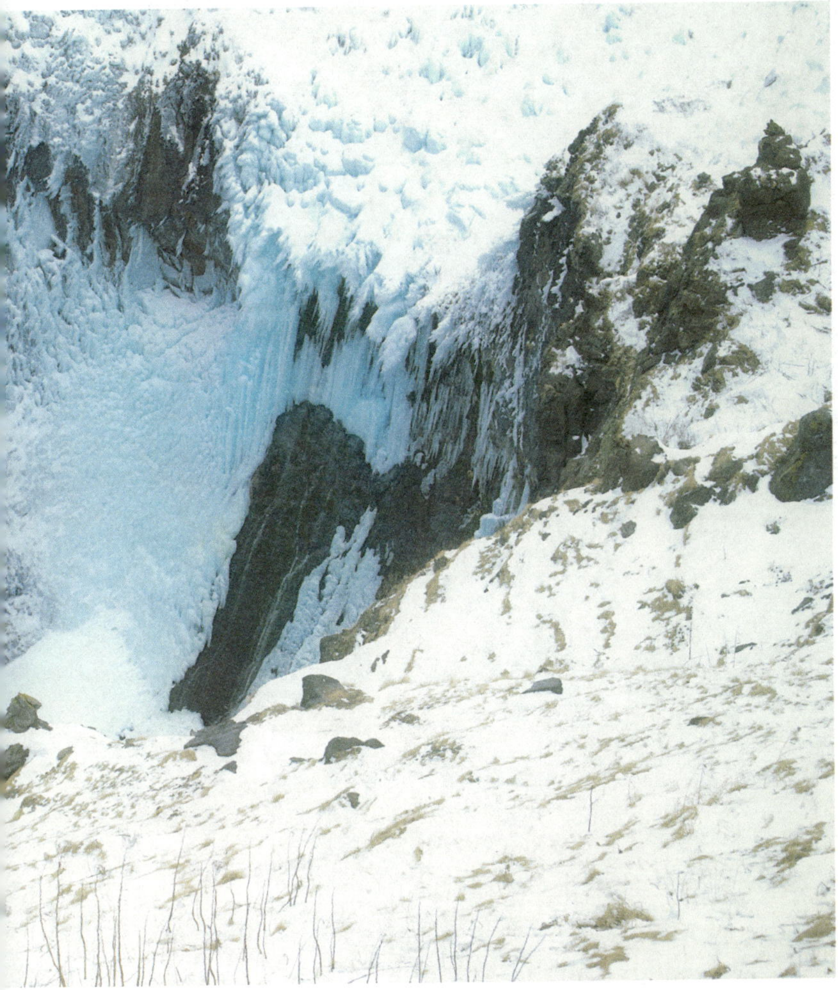

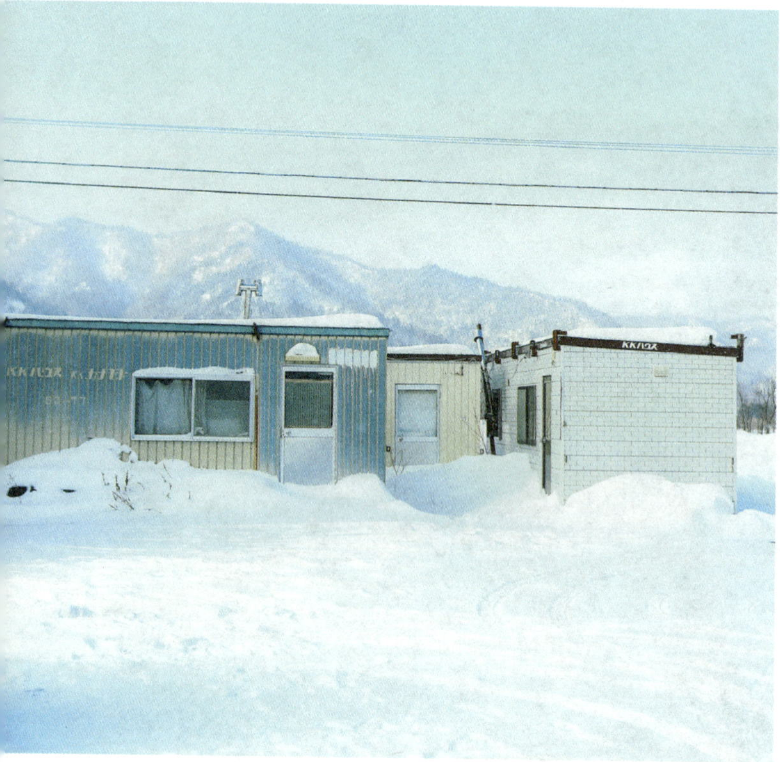
KKハウス
KKハウス

≈ 那些你以为不爱你的人，比想象中更不爱你。

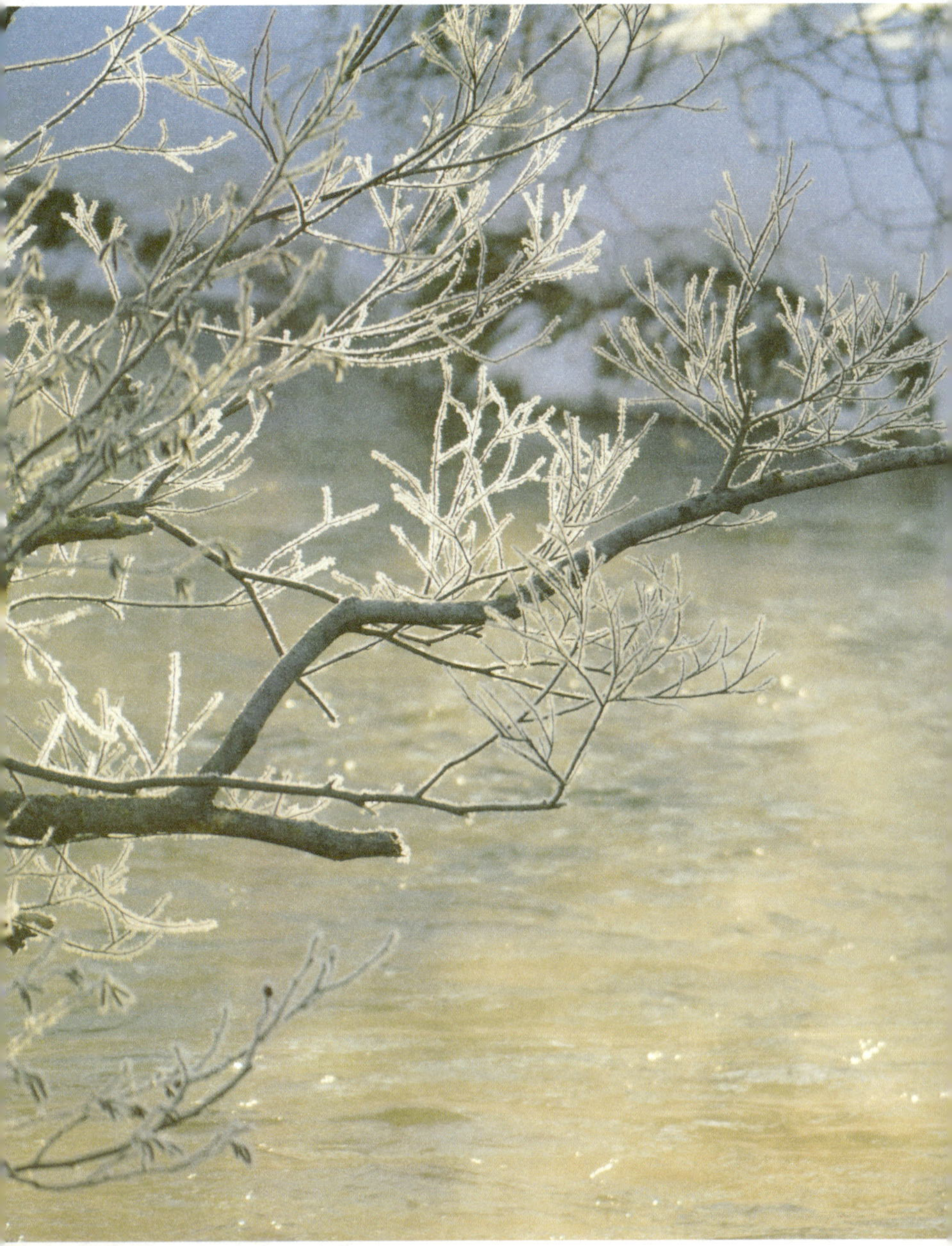

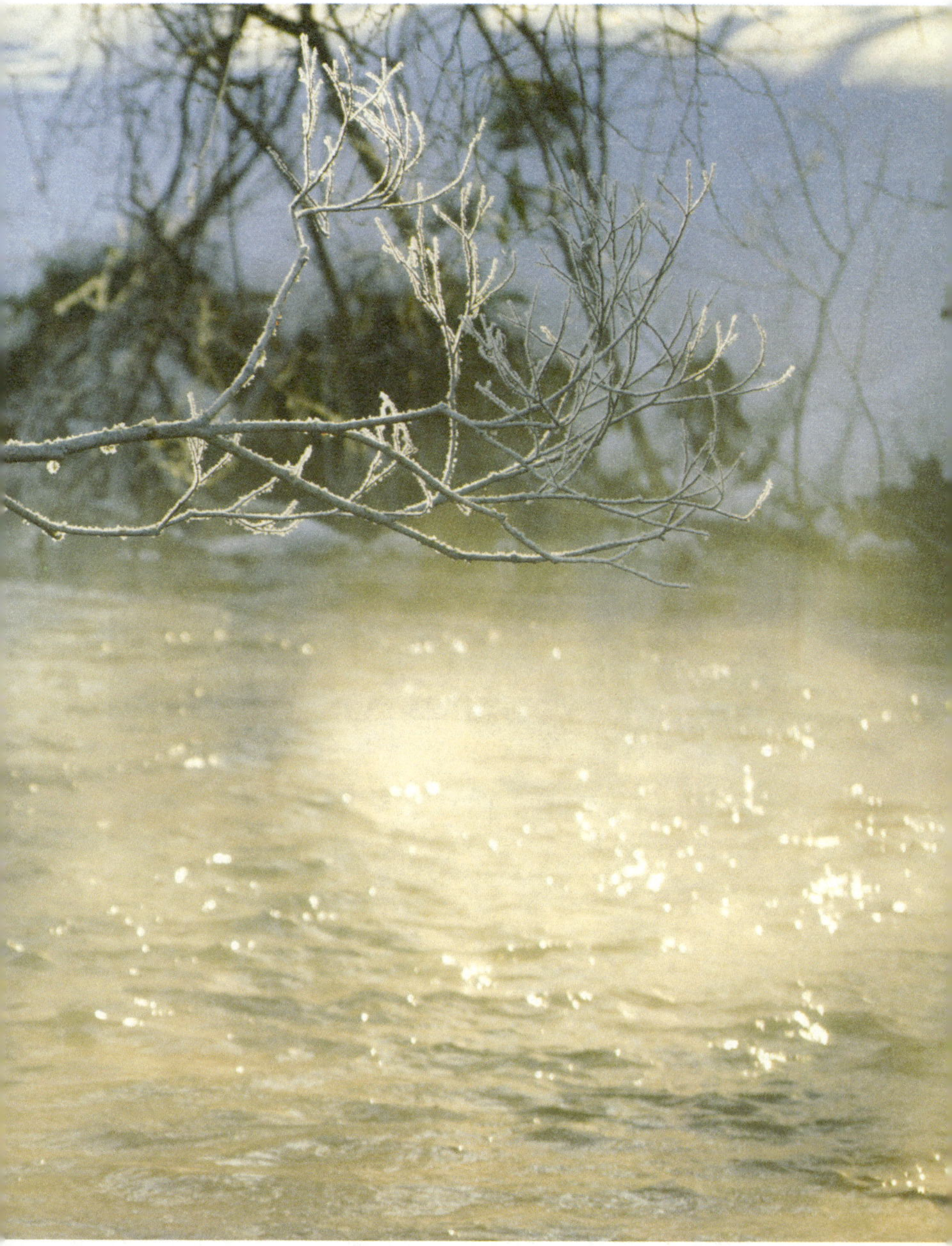

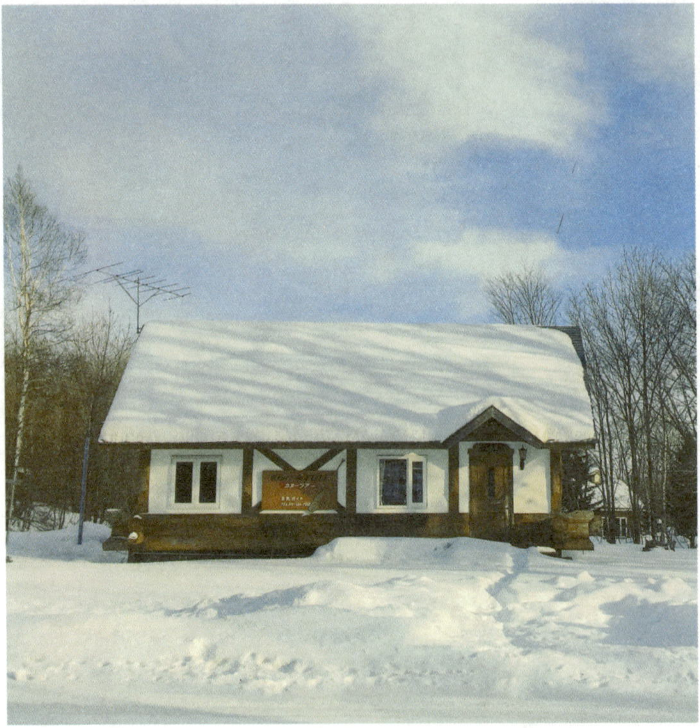

不闻不问不想,不寻不见不念。

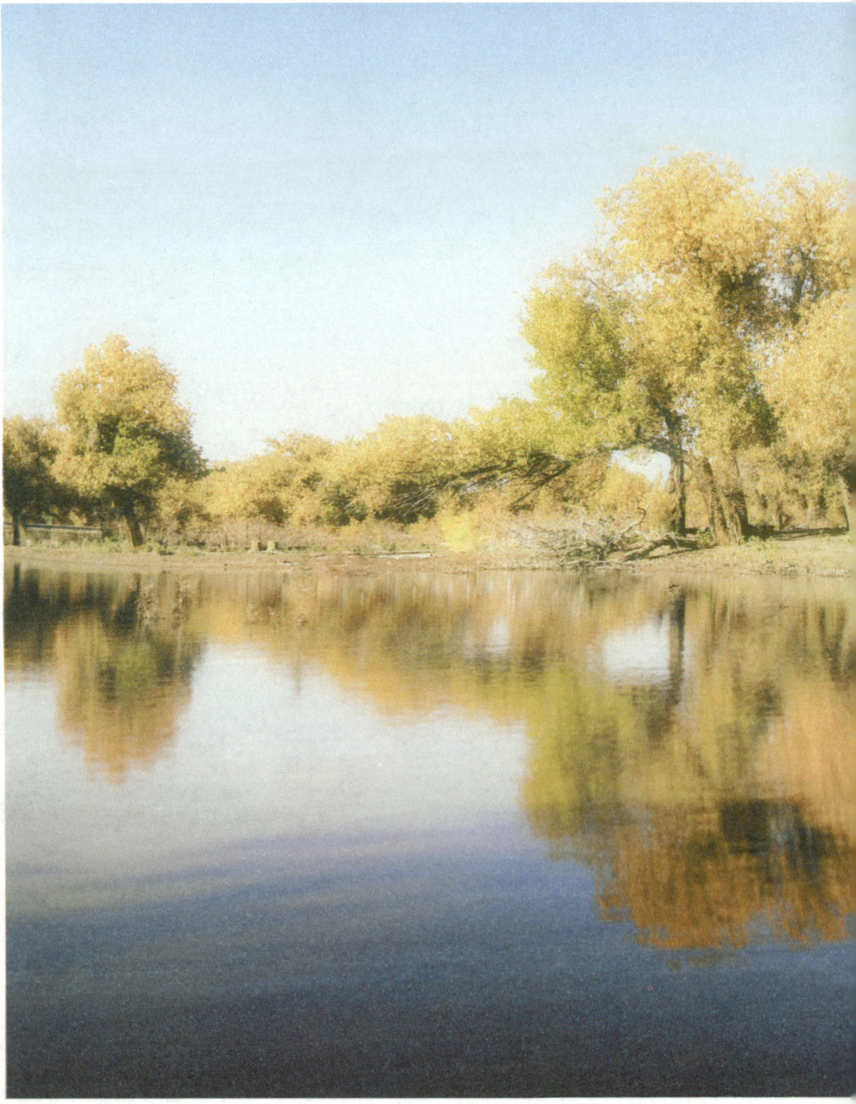

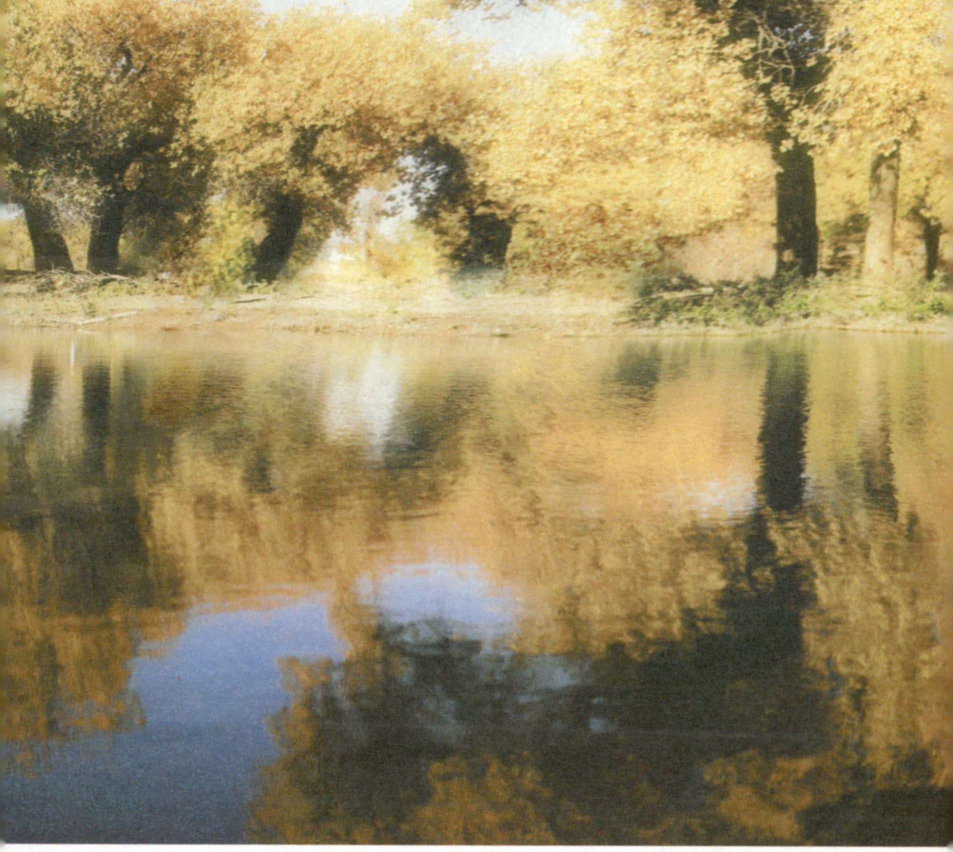

～ 曾经你喜欢一个人是，只要他笑得好看，你就能义无反顾。
后来，你不再莽撞地逢人就掏自己的心，
计较起回报和付出是不是成正比，在意这个人值不值得。
你在别人眼里变得更成熟，也更自私。
好消息是你更懂得爱自己，坏消息是你更难去爱别人。

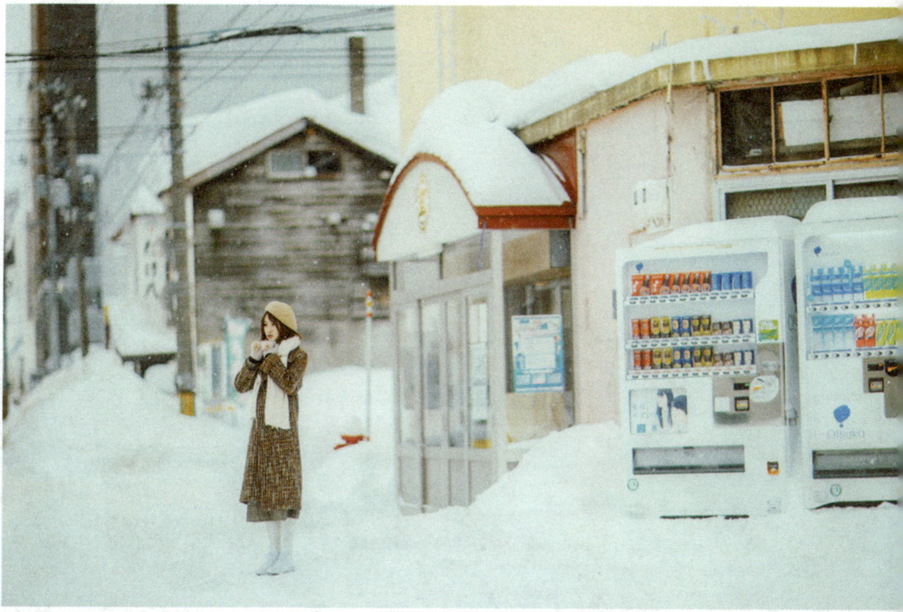

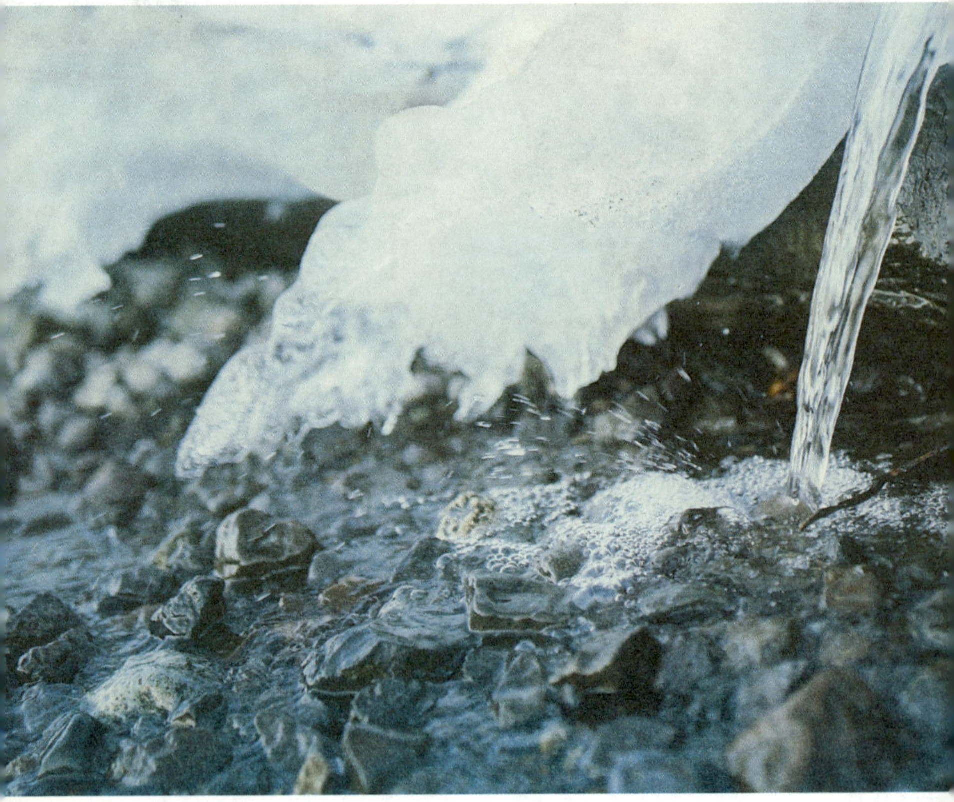

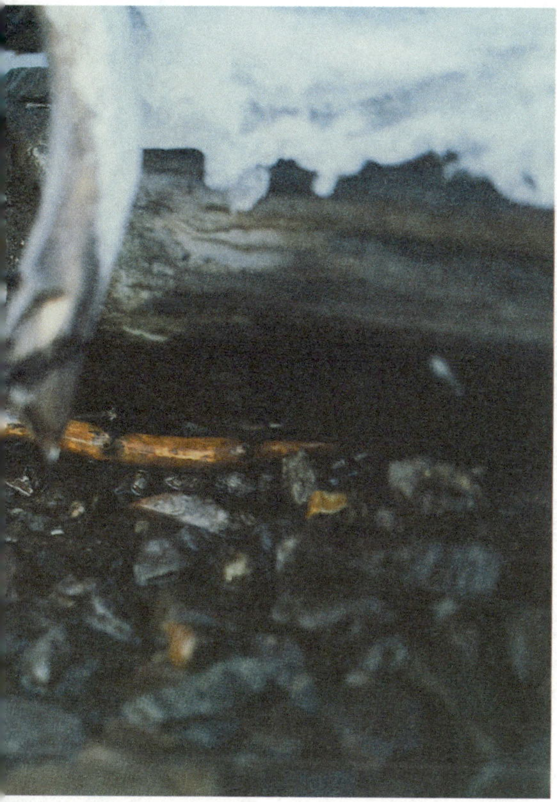
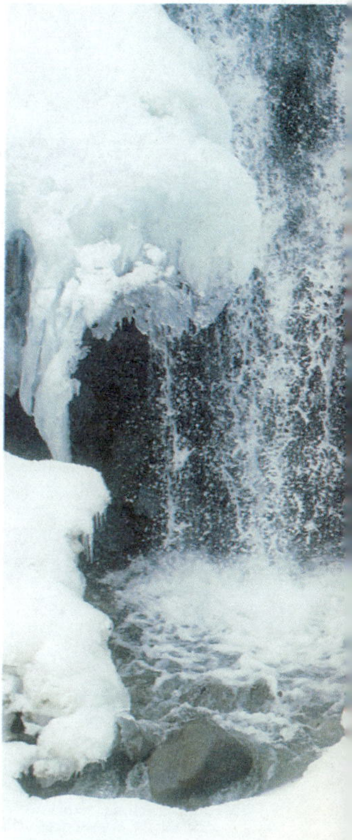

≈ 关于认识你时的心情,像吃掉了西瓜最中间的那一块,
像每一个有微风的晴天,像按下第一张多米诺骨牌。

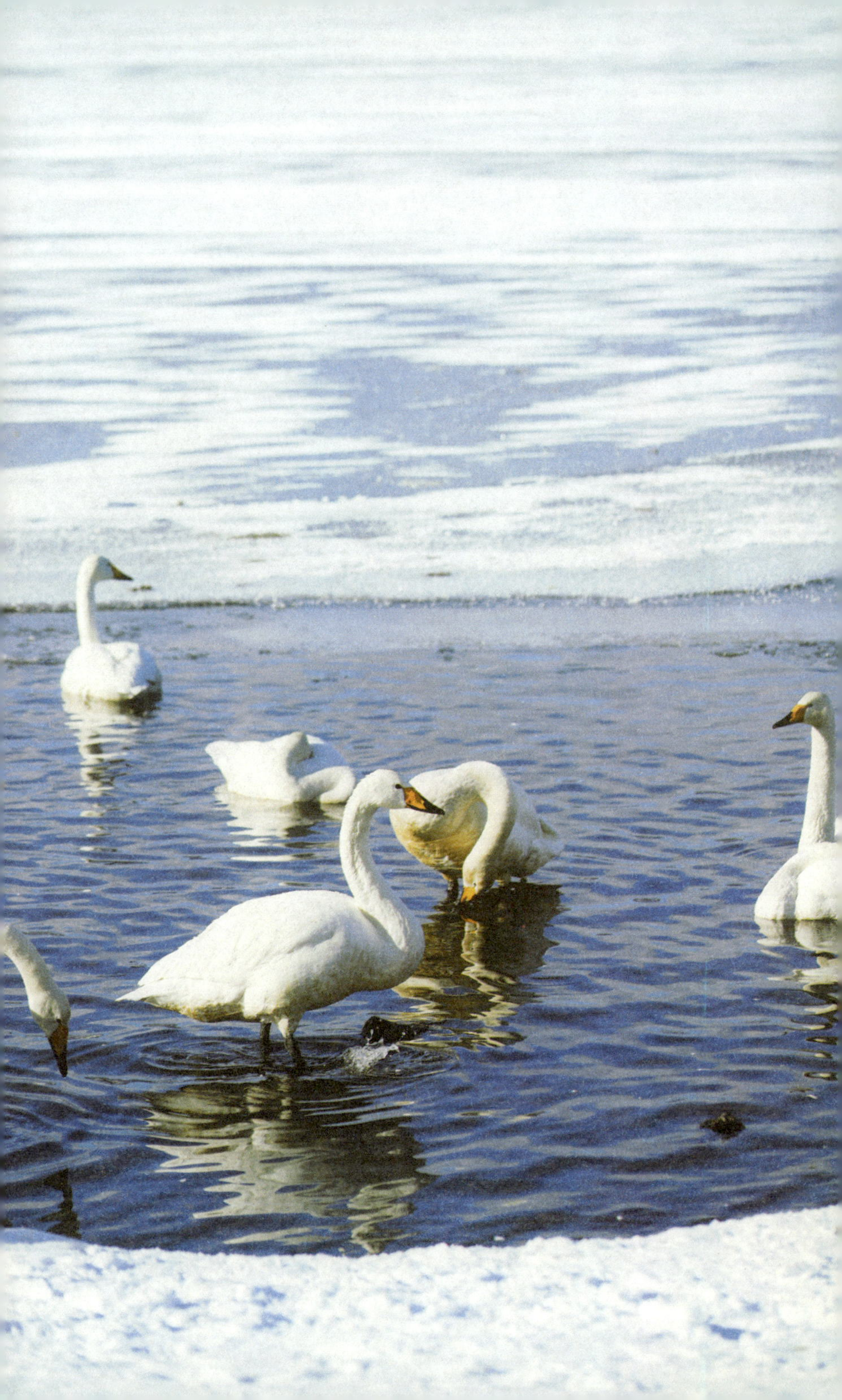

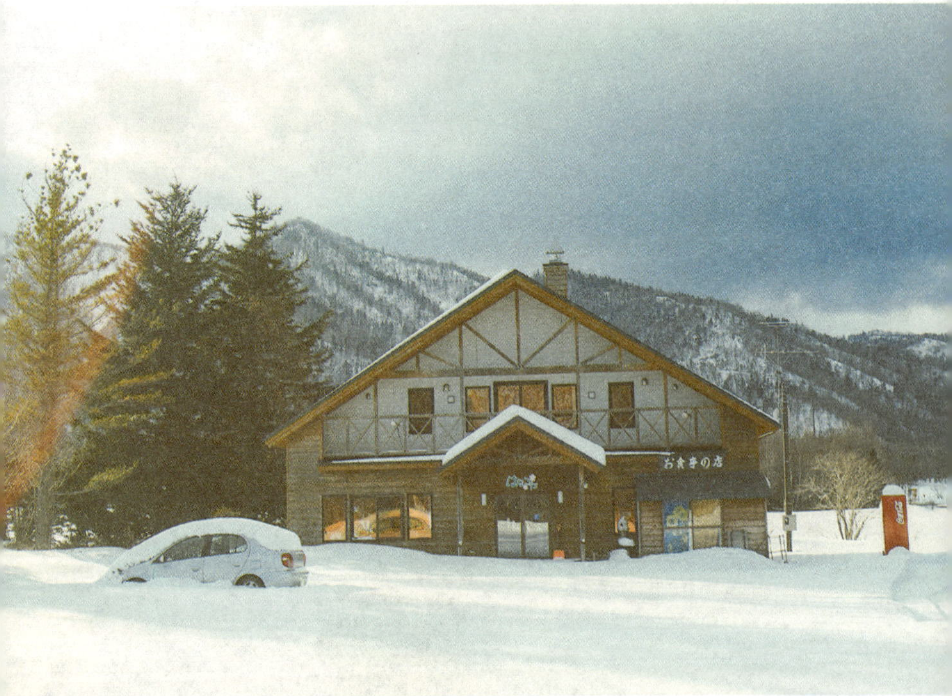
お食事の店

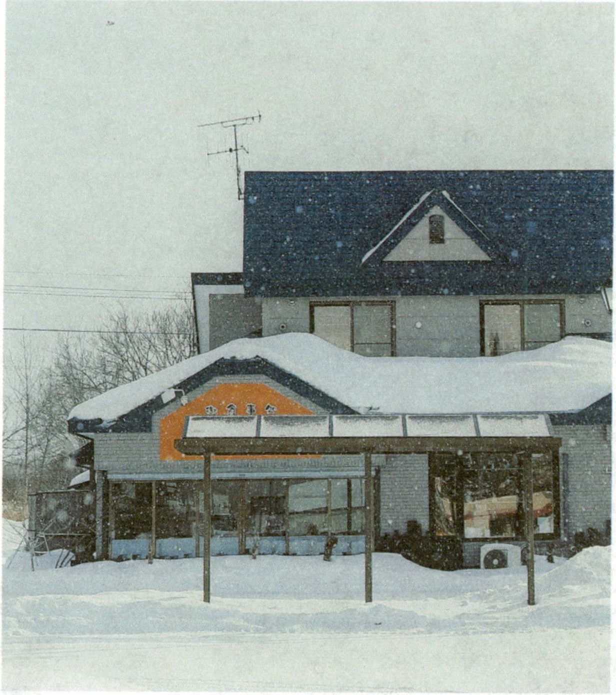

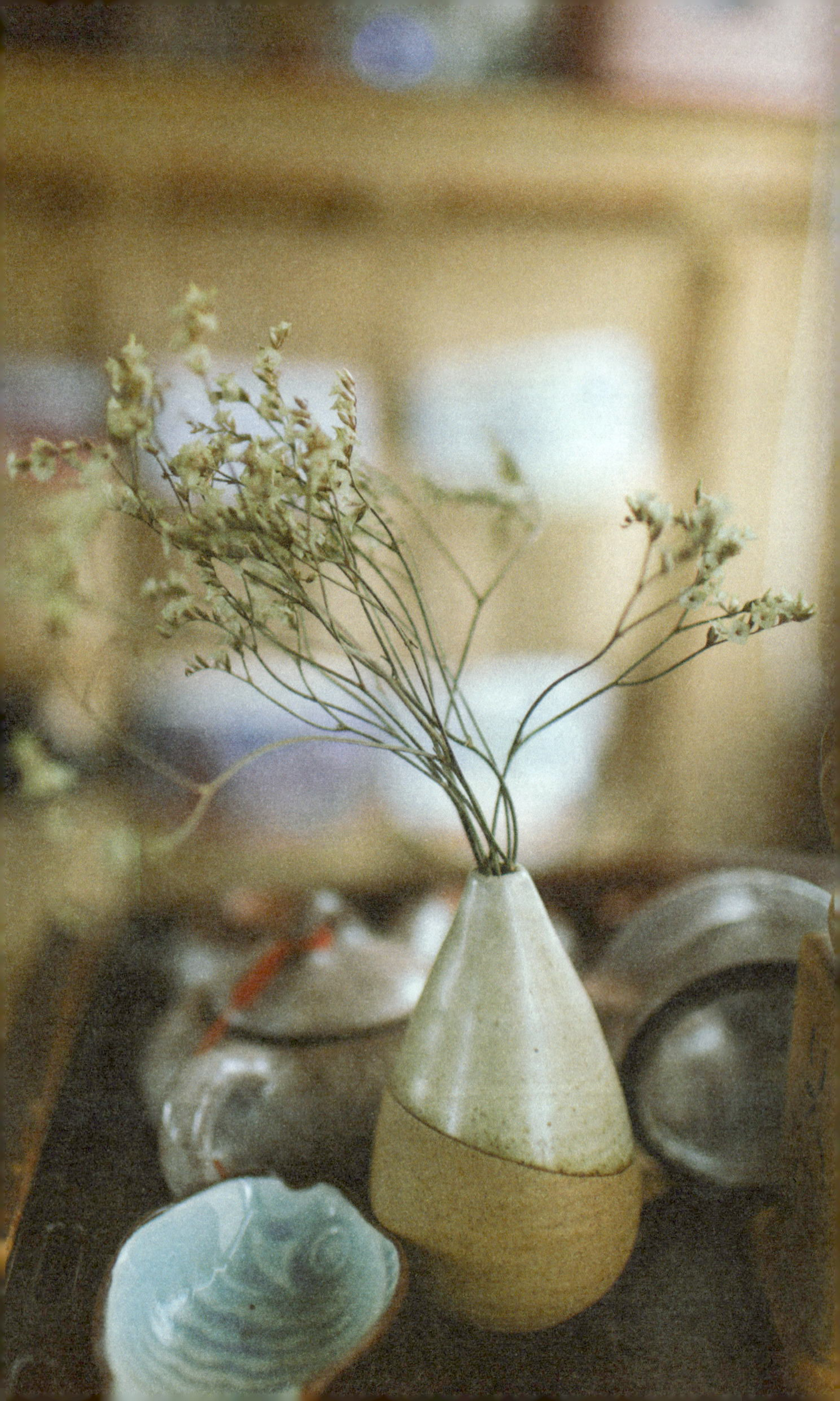

CHAPTER 4

可其实喜欢就是头脑发热一时兴起啊,而恋爱就是一个了解的过程,最终才能走向爱。如果一开始就要求对方了解自己,根本不现实。因为没有恋人这层关系,很难深入接触,用什么身份呢?朋友?同事?同学?用这些身份过多地去介入对方生活都会显得暧昧吧。

何况喜欢其实是不需要了解的,因为喜欢,所以想了解,才是对的顺序,而因为了解而喜欢,就难免有权衡利弊之嫌。

动心有时候很简单,惊鸿一瞥就暗许终身,谈何了解?用一生去解都不够。

要了解什么呢?身高、体重、血型、星座、生辰八字、家境、喜好、信仰?可是这些在喜欢面前都不重要,爱是盲目的,感觉胜过一切。何况了解本就是一件很难的事情,人的一生都在变化,谁也不能真正了解谁。

而且人与人在互相不了解的情况下更美,尤其是你喜欢他,他也喜欢你,但你们还不了解的时候,每一个举动都像藏着通向对方心底秘密的线索,克制而浪漫。

至于发来私信的妹子,最后她给学长的回复是——我还不了解你,但我

161

想了解你,如果有机会的话。

最后学长约了她周末吃饭、看电影,但妹子表示依然很惆怅,惆怅的是周末应该穿什么。

你不说，我怎么知道

赵小姐把男朋友的微信删了，气得不行，来跟我吐槽。

赵小姐：他也太过分了吧！几小时没回我信息，我还以为他有多忙，眼巴巴等着，结果更新了朋友圈也不回我。

我：就为这？没问下情况吗？

赵小姐：没，我看到他更新动态就生气，一秒都没思考就删了！他就是不在乎我，既然这样就别处了啊，省得以后投入多了更伤心。

我：朋友圈发的什么？

赵小姐：没注意看，貌似是转的一篇他们业内的公众号文章吧。

我：你给他发的是什么？

赵小姐：呃……一张自拍……难道是我的照片不好看吗？

赵小姐给我发来自拍，我一看，明明很美啊！

我：这个不回就奇怪了，自拍是好看的啊……

赵小姐：别的不回就算了，自拍不回也太伤自尊了……

我：你觉得他还会加你吗？

赵小姐：应该不会了吧，反正如果不加的话，那就再也不会有交集了，随他吧。

我：那就再等等看吧，别急。

赵小姐：算了，不回我消息肯定是不够喜欢我，以前喜欢我的人即使忙也会告诉我一声。他要是真忙，也不至于有时间看公众号没时间回我个话。

不出所料，晚上又收到了赵小姐的消息：他加我了。

CHAPTER 4

加回好友之后,先是对方急吼吼地指责,你为什么删了我!

赵小姐自然是更加理直气壮,你不回我消息还发朋友圈,太过分了,不删你删谁!

对方更气了,因为我在忙啊,当时正想回你,被叫去开会,后来就忙别的事去了,再说我分享的东西也是工作上的内容。

赵小姐不依,再忙回个消息都没时间吗?回个表情也好啊!

对方说,那你删好友就对吗!赵小姐说,因为我生气了啊,我觉得你不爱我。

对方依然不接茬,喋喋不休于被删好友这件事,大概是觉得很没面子。于是俩人在"你凶我"和"你删我"之间吵了几个回合,男方才终于想起来解释。

因为我不想敷衍你啊,我想等忙完再给你打电话的。赵小姐气消了一点,但还是不饶,那为什么现在才想起来?对方无奈,因为我手机没电了,我现在刚回到家,充上电就给你回消息了啊。

赵小姐的气总算是消了,但男人心里的委屈还没散去,男人说,你知道我今天多不容易吗,当时我刚想回你,就被催去开会,好不容易忙完了回你,结果你把我删了。你删啊,再删一次试试!

赵小姐撇撇嘴,你不说,我怎么知道!对方更气了,我不是正打算说吗!

虽然最后还是和解了,但难保此类的争吵不会再发生。

有时候就是女孩子太过于紧张了,飘个小雨点,就以为要发生洪灾。因为一些小事情就胡思乱想,进而推断对方不爱自己,于是在心里百转千回,想了一堆,男方甚至不知道问题出在哪儿。

想起一个曾经很火的段子,男人沮丧了一天,女人不知所措,想着是不是自己做错了什么惹对方不开心了,还是对方厌倦了自己所以待在一起不开心?把所有可能的原因都想了一遍,结果对方郁闷只是因为喜欢的球队输了。

此类矛盾和误解,不及时沟通解决,问题就会升级。比如女人生气了却不说出来,在心里生闷气或者甩脸色,男人摸不着头脑觉得对方在作,或者女人说出来了男人没马上解释还发脾气,女人就会把矛盾的根本忘记转而攻击男人的态度问题。

CHAPTER 4

朝夕相处的情侣还好，有矛盾可以即时解决，也许一个拥抱一个吻就能融化冰山，但异地恋就难了，常常是说也说不清、够又够不着，怨气就累积在心里，吞噬着感情。

朋友谈了一年的异地恋，还是分手了。因为朋友实在忙，经常顾不上回女友的消息，于是女生没有安全感，就闹别扭，一开始都会哄，可次数多了，男方也累。有时候工作累了一天，想到还得应对女友的刁难，干脆就装死不理会了，结果是矛盾愈演愈烈，双方开始频繁僵持冷战。后来女方决定妥协，放下一切到男友的城市去，以为克服了距离就能相安无事，然而朋友却退缩了，因为担心待在一起还会是这样的结果，到时候再让对方回去，未免太残酷。就这样，好好的一段感情，被坏情绪和想象出来的坏结果打败。

其实有时候人们只是因为没有被自己觉得对的方式对待就气急，转而把问题上升到爱与不爱，而感情里很多矛盾都是由此导致的。比如她觉得他应该随时保持联络，他觉得她应该体谅自己的忙碌；她觉得他应该哄自己，他觉得她应该心疼自己工作的辛苦……可每个人不一样，如果不能接受彼此的差异，也是爱的能力不足。当对方没有说出你想听的某句话，或无心做了一件让你不开心的事，就轻易去质疑感情的话，你质疑的就会以失去的形式给你教训。

玻璃心都是因为太在乎你

朋友刚跟喜欢了很久的男孩子确定恋爱关系了。

喜欢的人对她说，我好喜欢你啊，因为你一点都不作，从来不盘问我在哪里、做着什么、跟谁一起。

朋友说，我不问是因为我不喜欢你，所以我不关心你在何时、何地与何人一起，这样你还喜欢我吗？

对方沉默。

朋友既开心又难过，我也希望自己是刚才说的那样，可实际上是，我很喜欢你，巴不得挂个GPS定位系统和监控摄像头在你身上，因为想知道你在哪里、在做什么、跟谁一起，身边的人是男是女……我想知道关于你的一切，几点起床、几点入睡、心情是好还是坏、累不累、饿不饿、困不困……可是我不能总问，我怕你烦，怕你厌倦我的关心，于是我只能偶尔看看手机，看你有没有发来信息而我正好没听见，没有的话，就翻翻聊天记录或看你有没有更新微博、朋友圈，更新了的话看有没有人评论，再看评论的人是男是女，如果是女，会好奇她跟你什么关系，却不敢问你，因为你一定会说，只是朋友啊……我总是胡思乱想，然后自己安抚情绪，编一个想要的答案，再若无其事地展现体贴给你看。

这事说开了，相互理解，是皆大欢喜，然而大多数时候，一个不说，一个不问，故事就写不到以后了。

如果一个是神经大条爱自由，一个心思细腻且黏人，矛盾就会变得明显，一个玩累了回过神来才想起回女友信息，一个被冷落了数小时却等不来解释。有的生气了会直接发飙，而有的是暗自较劲——语气冷漠，以为对方会意识到自己的错误，可前者导致男方觉得小题大做，后者对方若get不到，反而会觉得女生太作、小气、玻璃心。

可是那些敏感啊、玻璃心，只有面对在乎的人才会暴露无遗。

普通朋友不回消息，根本不会放在心上，想着对方一定是在忙，于是过再久接上话也能欢天喜地地聊下去，但喜欢的人不行，回慢了、回少了，就在心里翻江倒海，想着，完了，我是不是很烦？他是不是不想理我了？

太在意所以患得患失，所有情绪在他面前自动被放大，于是次次徘徊在狂喜和狂悲中。

最后把问题归结到自己身上，于是不开心、偷偷赌气，所以变得不可爱。然而你不知道的是，敏感并非本性，只是因为太在乎你。

有个朋友，三十好几，孩子都好几岁了，工作经常四处跑，有时候到了北京跟我们聚会，一到深夜，他爱人一定会打来电话"关心"。他总说，我老婆可是天蝎座，占有欲强，但脸上的甜蜜还是掩不住，从来没有发脾气或者不耐烦，家庭一片和睦。

其实女人要的很简单，就是这么一点点的安全感。没有人喜欢找不痛快，也想什么都不管不顾，可是只要喜欢你一天，就做不到。总担心你不喜欢自己了，或者你喜欢上别人了，于是变得畏首畏尾，亦步亦趋，没了自信，还一点儿都不酷。

而这些细碎的少女心思啊，一生都不会太多，只有遇到爱的人时才会有，也只有懂的人才知道珍惜。

谁不是学着去妥协

CHAPTER 5

分手而已,为什么不直说呢

男友冷暴力,消息不回,电话不接,对自己漠不关心。女人摸不着头脑,猜来猜去,逼问无果,气急提分手,男人却爽快应允。此类的故事,已经听过无数次了。

最后女人们恍然大悟,原来对方就是想分手。可还是想不明白,分就分呗,为什么不直说呢?到底是怎么想的?怕浪费口水还是舍不得流量?

不直说分手的原因之一:只要我没说分手,无情、背叛的帽子就不能往我头上扣!

男人都不愿意当坏人,而提分手就是在伤害对方的感情,这样的事,自然不能做。

想分手,不想直说,认真评估一下分手之后会遭到的咒骂与批评,算了,分手决不能由我说出口,就这么冷漠地耗着她,电话敷衍、短信不回、微信冷漠，总能等到对方不堪忍受向我主动提分手，然后再就坡下驴，既能顺利分手还能保持完美人设，背叛爱情的人，不是我，完美！这招可以说是直男惯用的分手伎俩。

不直说分手的原因之二：只要我没说分手，万一找不到更合适的还能回头。

想分手，不想直说，万一分干净了，找不着更好的怎么办？我得先发制人，晒干网，先打鱼，万一这一网撒下去没捞到美人鱼，没事，上次捞的乌鱼还没扔，接着吃呗。不甘心，再打一网，万一这一网撒下去捞上来的是水草呢？家里还有乌鱼嘛，反正还没扔。所以，就算不爱了，只要死活不提分手，早晚都能回头。大不了就说"前段时间忙，顾不上你"咯。何况车都有备胎，人更得有了。

不直说分手的原因之三：只要没说分手，借钱借车借宿才能找到理由，免费饭票当然得留着备用。

想分手，死活不直说，要是真分干净了，家里乱得一塌糊涂的时候，哪里去找一个任劳任怨的田螺姑娘帮自己收拾妥帖？薪水青黄不接的时候，哪儿找那个心甘情愿请客吃饭的？要在亲戚朋友面前装B的时候，哪儿去找随借随有的小豪车？房租到期、醉酒无助的时候，上哪儿去找干净整洁有吃有喝的免费住处?

不直说分手的原因之四:只要没说分手,就能跟新欢炫耀说——这傻子还爱我。

想分手,一定不能直说,要是对方一听"分手"二字,就删除微信、QQ、微博怎么办?怎么能春风得意地搂着新欢指着你的头像无耻地说出"这傻X经常给我发消息问我怎么不理她"之类的话呢?怎么体现我可以融化北极冰川的魅力?怎么刷足我受万人崇拜的存在感?怎么满足"谁都爱我"的虚荣心?

所以你还在想着那个对你已经冷淡得像冰窖、敷衍得像假笑、说谎像说书的人?对方心里已经跟你分了一万次手了,拜托,请硬气一点,嘎嘣脆地告诉他:分手!

永远不要去考验人性

玲子跟赵延的相识说起来并不浪漫,因为是在夜店认识的。玲子平时不去夜店,那次破天荒地被闺密拽去了,遇上邻桌的赵延搭讪,就这么算认识了。当天赵延开车把玲子一行人先后送回家,最后送玲子到的她家楼下,既没有暗示想去她家坐坐,也没有越界的举动,这让玲子对他的好感大增。最后分别的时候赵延递过去一张名片,上面简简单单,只有他的名字和联系方式,没有工作职位介绍。

后来隔三岔五赵延会约玲子吃饭,席间说起工作的事,赵延声称自己做助理方面的工作,车也是老板的,只偶尔有使用权而已。虽然这点让玲子有些许失望,但毕竟不是物质的人,倒也没有为此疏远对方。玲子知道赵延没什么钱,衬衫总是旧旧的,手机用的还是老旧的苹果5s,于是每次吃饭都挑便宜的,能团购就团购,甚至有时候自己悄悄先埋了单。

赵延人风趣,逗得玲子很开心,交往了一段时间都很愉快,于是确定了恋爱关系。恋爱之后,关系开始发生微妙变化,赵延不再抢着埋单,即使是吃个便宜的面条，也没有掏腰包的意思。玲子也不去多想，只当关系亲昵，所以应该不分彼此。

慢慢地，赵延开始让玲子买一些东西，比如衬衫破了、家里的扫地机器人坏了……声称没时间，让玲子帮忙买下，之后给她打钱。玲子照做，可买了之后，赵延就没再提打钱的事，玲子虽然心里犯嘀咕，但又没说出来，也许对方真的拮据呢。

有次玲子跟家人打电话，父母问起赵延送过哪些礼物，玲子发现自己一个都答不上来。好像真的是没送过什么，倒是自己送了不少。玲子支支吾吾应付了父母，心却莫名纠结了起来，都说肯为女人花钱的男人不一定爱，但不花钱一定不爱，那赵延是不爱自己吧？

这天又一起吃饭，饭后走到门口柜台，玲子没有做出埋单的架势，见赵延也等在原地。玲子说，今天你请吧。赵延惊愕地抬起头说，我忘记带钱包了……玲子想说可以手机支付，忍了忍，还是自己埋了单。

在车上，玲子想提分手，没想到对方却说起自己的家庭状况，母亲重病需要钱，自己正四处筹钱，需要十万元做手术，现在才筹了一半。玲子一听心软了，还为自己之前的想法感到惭愧。

玲子决定借钱给赵延，但这一举动遭到了家人的反对，这都还没结婚就负担对方家庭的重担，以后日子咋过？于是纷纷劝玲子分手。

玲子心肠软，最后还是把钱汇过去了。

大家纷纷猜测，最坏的结果，无非是玲子被骗，赵延拿钱消失。可只猜对了一半——玲子确实被骗了，被骗的是，赵延不但不穷，还非常富有，回来的时候带着玲子的钱和一枚钻戒。

之前网上热转一个段子，大意是说有钱人装穷泡妞再公开真相总能得到原谅，而穷人打肿脸充胖子就是欺骗感情，不可饶恕。大家纷纷转发附和，笑说着愿意被有钱人骗，可玲子却成了那个反例。

赵延的真实身份是某家企业的董事长，装穷只是为了考验玲子。这下家人朋友开始欢呼，玲子却高兴不起来，无法接受自己全心全意爱着的人，居然抱着怀疑的态度在一步步试探自己。像被迫着进行了一场考试，虽然交出了令对方满意的答卷，但这场考试本来就不该有。

不是每个人都有义务配合你的演出。丢下这句话，玲子头也不回地走了。

大家都为这段关系可惜，玲子却说从来没后悔过，因为她这辈子最讨厌的事，就是欺骗。

我想了想，如果自己是她的话，也会做出同样的选择。因为即使这一次和解了，心里还是会有一个结。自己爱过的人竟然如此居心叵测，何况都相处了那么久，还没放弃层层试探，对人的防备也太过于强烈。还有一个心结是，即使和好了，那在未来是不是还会再次出现此类的考验？

去考验对方的人性，一定是出于恶意的揣测，而这本身就是一种恶，不值得原谅。

虽说有钱人的不安全感来自于不知道对方爱的是自己还是自己的钱，可如果为此就把所有靠近自己的人贴上一个势利的标签，很不公平。虽说害人之心不可有，防人之心不可无，可如果被自己很爱的人防着，怕是没有人招架得住。

想起以前在网上看的一个帖子，生动地讲述了一场感情上的钓鱼执法。女生跟男朋友异地，因为没安全感，于是总疑神疑鬼，觉得对方要背叛自己。刚好有一个闺密跟男朋友同一个城市，于是女生派闺密去勾引男友，测试其忠诚度。

女生先让闺密去加男友的QQ，加了一次对方没通过，女生大喜，果然男友还是靠得住的。可过了两天，俩人闹矛盾了，冷战的情况下，男友居然通过了其闺密的验证。

女主慌了，又以为男友要移情别恋，没想到对方却跟闺密诉起苦来，说自己多爱女友，女友却总是没安全感，加上又是异地，很困扰之类的。于是闺密扮演起和事佬，俩人闹矛盾的时候，闺密就适时出现劝和。过节了不知道送什么，男主也会咨询闺密。整个过程，男主不知道闺密认识自己的女友，就当一个可以讲真心话的知己。可渐渐地，故事出现了狗血转折，闺密喜欢上了男友，依赖于跟他聊天，于是总盼着他们闹矛盾，因为这时自己就能以懂事知礼的形象出现。

哄女友的次数多了，男人也累了，觉得眼前这个女孩挺懂事的，又在一个城市，于是发出了见面邀约。于是故事的发展就跟预料中的一样，男人真的"劈腿"了。

被甩的女主气到上网发帖骂闺密，但出人意料的是，大家的评论却不偏向她，都说是她自己作没的，还有人骂她活该，总之少有一句好话。

试探人性这种事就是在两个人之间挖出深渊，不管结果怎样，怀疑对方的事实已经存在，欺骗又罪加一等，关系难免出现裂痕，而之后的故事走向不管多坏，都是怀疑引发的，跟对方的抵抗诱惑能力无关。谁挖的坑，谁去填。

所以永远不要去考验人性，因为人性普遍都经不起考验，而经得起的，你不配去考验。

ムックリ民芸
刺繡の店

不怕你不爱，就怕你假装爱

年少时，我也会追星，对着屏幕里的男神欢呼雀跃，会暗恋一个从来没对话过的男同学，看到他的背影就心跳加速。而今朋友多次叫我去一些大咖见面会我都婉拒，也不再执迷于留恋不喜欢自己的人。

珍惜自己的爱与情绪，所以害怕去牵肠挂肚一个得不到回馈的人。当我的心里升起月亮时，就会渴望从你的眼里找到星星，若找不到，我就藏起月光，亦不再看你的眼睛。

付出不求回报这件事，听来浪漫，实则残酷，放眼望去，那些不求回报的人，真的都如愿地一无所获。为爱付出了时间、精力、物质，却连对方一丁点儿发自内心的好感都没得到。举着一张好人卡，像个笑话。

可即使珍视自己的感情，还是免不了受伤，因为有时候的误以为对方喜欢自己。

谁不是
学着去爱

喜欢过一个男孩子，那时候我们天天聊微信，大部分时间他都在我的最近联系人第一的位置。我们聊得非常投机，无聊的琐事他也积极回应，经常的小幽默让我在屏幕这头也会笑出声来。我生病了、受伤了，他字里行间的关心也能感受到紧张。于是我觉得，他是喜欢我的吧。

可是这样过了一个多月，他还是没有表白，我试图从他说的话里听出什么端倪，然而半句暧昧都没有，比朋友亲密，比恋人生疏，像一个憋在鼻子里的喷嚏，酸酸的。再渐渐地，他会突然地几小时不回信息，我在手机这头坐立难安，可却没有资格问对方，为什么不回？因为对方把距离拿捏得恰到好处，说起来，大家也只是聊聊天而已，算什么暧昧？人家没有说过半句越界的话啊。有时头天的消息，对方第二天才回，虽然语气还跟之前一样，关系却渐渐变了质。关于为什么回这么晚，昨天是怎么了？没看到还是忙得来不及回？对方从不解释。于是后来我不再找他聊天，再后来听说，他有女朋友了。

知道这个消息后，反倒是松了一口气，明白了对方不喜欢自己，几乎是一瞬间就放下了。而在确认答案之前，即使想过无数次坏结果，也还是能找出一些不死心的借口，抓着一些甜的蛛丝马迹，想着万一呢？可感情可以是万里挑一，却不该是万一。

于是把写给他的情书撕掉，还没送出去的礼物也扔了，整段心事一并放下。

CHAPTER 5

好朋友小阮人生中为数不多的一次情伤,也像这般。

那时候对方说了不合适分了手,却依然不停止嘘寒问暖。只是为了维护自己的完美人设,不做伤人的一方,于是离场也不忘丢下几个念想。小阮天真地以为克服了对方提的不合适,就能迎来转机,于是心心念念,盼着等着。在心里百转千回,像荡秋千,因为对方一句好听的话,高高飞起,又时常跌下来,摔得面目全非。

好几次想放弃,问对方,一点儿也不想我吗?对方说,没有别的人可想啊,除了想你还能想谁?问,一点儿都不喜欢我吗?对方说,怎么可能一点儿都不喜欢,是喜欢的,只是觉得不合适,看不到以后。而不合适的理由又讲得面面俱到,让人无法反驳。

对方说,我们想要的东西不一样,我给不了你想要的生活。小阮说,我只想有你的生活。对方说,我可能一辈子也无法发达,我做不了你的英雄。小阮说,我不需要你多发达,你若护我一生,就是我的英雄。

说尽了情话,表透了衷心,对方还是无动于衷,可每次想放弃了,又想起对方对自己的好,觉得也许是时机不合适吧,等彼此都变成更好的人了,还有可能的。直到后来辗转得知,对方是因为放不下前任,并且求和去了,小阮才终于死了心。

明明一开始说清楚,就可以省去这么多牵肠挂肚,可人都是自私的,不想当坏的那方,于是要装得有情有义,好像分别也只是迫不得已,于是被蒙在鼓里的另一方,难逃流眼泪。

婉拒,有时是最大的不仁慈,若你仁慈,请明确拒绝不被你爱的我。不怕你不爱,只怕你假装爱,因为你的一点温暖,都会被我无限放大,当成爱的证据。

不作死，就不会死

最近参加了一场奇葩的婚礼，新娘没有婚纱、没有捧花甚至没化妆、没做头发，新郎牵着新娘自顾自地交换了戒指，宣布礼成，然后散场。一半宾客愤然离席，一半宾客一头雾水也只好散去，观望的宾客不明就里。直到另一位新娘赤脚出现，她的父母哭天喊地地在现场咒骂摔打才得知——新娘换人了。

临到婚礼开始前还有换新娘的？多少编剧也编不了这么奇葩的剧情吧。

司仪悄悄告诉我：接新娘的时候，那姑娘太"作"了，设置的关卡又多又矫情，临到典礼时间了，新娘和她的姐妹依然不依不饶，新郎崩溃了，飙车到一直暗恋他的姑娘家里，开口就问对方是否愿意嫁给他。就这样，新娘换人了。讲真，原新娘从长相、身材到仪态都胜过突然出现的这一位，可临到婚礼却把新郎"作"得跟人跑了，这"作"功还真是了得。

喜欢"作"的女人在英语中叫作high-maintenance woman。"作"女

谁不是
学着去爱

不安于平凡平淡的生活，渴望通过"作"来获得别人的关注，最突出的表现是跟亲密的人无端闹别扭，换句话说："作"就是无理取闹，难以伺候。

而感情，大都是这么作没的。

一群朋友吃得热热闹闹的，男友问你喝什么，你说：喝酒对身体不好，喝饮料要发胖，喝白水没味道，喝茶容易睡不着，然而很口渴，喝鲜榨果汁吧，这里又没有。你希望男友怎么回答你？离席去给你找鲜榨果汁吗？恕我直言，他心里会说：渴死你算了。

你希望通过"作"的方式，向周围人宣告，这个男人是你的男佣，他听从你的一切、关怀你的一切，无论多么无理的要求他都会满足你，显得你有人疼爱，恃爱傲物。无论搭配多么精致的五官和魔鬼的身材，你一定要明白一个道理：自古王子配公主，宫女配太监。如果你想在众人面前展示自己高贵而让自己的男友化身男佣，对不起，在外人眼里，你顶多也就是个长得不难看的女佣。

作人的一个共同点，就是不让人过太平日子，有的是要求，使唤人做这做那，自己却不知道付出。有的是怒点低，对方回信息慢了、打字少了，都能噘起嘴喋喋不休一堆甚至要分手，直到对方低声下气哄半天，才勉强不生气了，还自以为宽宏大量，颇有朕饶你一命的架势。

以前不知道网络上哪来的说法，说女人要作才有人爱。这句话害苦了多少人！我们反过来思考，这世界上怎么会有男人不爱懂事又情商高的女人？

我是没看到有作女过得幸福的，首先是自己怒点低，经常不开心，也搞得男友不开心，久了之后对方哄累了，干脆摆出一副你爱咋咋地的架势，这下作女又不干了，觉得对方不爱自己了，对自己不如以前好了，认为都是对方的错，还不知道反省，于是变本加厉地作。最后对方决心要分手了，才知道错了，哭着求对方回头，可感情已经没了。

如果爱一个人，就别作。有时候一件小事可能确实让你不爽，但如果不伤大雅，千万不要恶意中伤对方，生气的时候先冷静，因为那时候说的话常常是失去理智的，而一旦伤人的话说出口，就难以挽回。当然，也不是一味地忍，如果确实是对方的错，还是应该提出来，只是提的方式非常重要，人人都吃软不吃硬，有工夫作，不如下功夫学学怎么撒娇。

在自己最亲密的男朋友面前作一作，有爱情护体，短期还是奏效的，起码在热恋期是奏效的，可是有的人为什么要在不熟的人面前作呢？本来就是凑局子的一顿饭，你发挥着米其林三星主厨的口才不停地点评着这道菜太咸让服务员换、这道菜太酸让服务员换、这道菜摆盘不好让服务员重新摆。那么你的目的呢？显得你特别见过世面，好让和你并不相熟的人对你投来赞许的目光：哇，你懂得真多，你这么挑剔，生活品质一定很高吧。然而，恕我直言，约你赴局的人一定后悔带着你这只会自顾自地表演的人出来。你的"作"，不仅不能引起别人对你的欣赏，反而让人心里发腻。

真正见过世面的人，能将就，受得起米其林三星也撸得起路边摊的串。在异性面前作，有性别护体，还是能够引来两三个男人就犯的，毕竟有的男人就是贱兮兮地喜欢作女，那样能够刷足男人护花使者的存在感。可是在女性朋友面前作，我就是万万不能理解了。

大家一起相约出去逛商场，你试衣服的时候就各种挑各种试各种慢慢来，朋友试衣服的时候就各种吐槽、不耐烦、批评对方的眼光。种种行为好像都在告诉朋友们，看我，有品位有内涵懂欣赏懂享受，走到哪里都是万众瞩目的，一定能吸引优秀的男人，将来肯定能收获比你更优渥的爱情和婚姻生活。可是，大家都是千年的狐狸，你在女性朋友面前玩什么聊斋呢？

身边的五个朋友的平均就是你自己，所以，不要企图在朋友面前表现出你很挑剔很懂生活的样子，实际上你和他们并无二致。想获得友谊，就要付出真诚；想获得爱情，就要付出体贴；想获得婚姻，就要拿出为人妻的责任感。

没有谁天生就应该伺候谁，没有人天生就处在世界的中心被万般疼爱，这世界没有一种被钦佩和瞻仰的目光是靠"作"来获得的，而是你本身就值得的仰望。

琥珀の館

越是担心以后，就越难有以后

有粉丝跟我私信，说自己读高三，跟男友同一届，男友在理科班，自己在文科班，觉得俩人志向不一样，将来很难不分开；且人人都说着毕业就分手，早恋影响学习的魔咒，更加感觉未来遥遥无期；加上赶在高考的紧急关头，于是不敢坚持了，怕耽误彼此，想提分手又狠不下心，问我应该怎么办。

说实话，我觉得纠结这些问题一点意义都没有，分手了就能开心了、就能好好学习了？不见得吧。恋爱其实并不影响学习，真正影响学习的是虐恋。

即使你分手了，不去找他了，但心里还是要去惦记、要失落、要郁郁寡欢，这样的心情更不能好好学习吧。倒不如一起开开心心地互相监督，你安排他背单词，他给你讲数学，共同进步。有一个人相互鼓励着，不管怎么着也会更有动力吧。

谁不是
学着去爱

我很不喜欢早恋这个词，恋爱这事没有早不早一说，遇见了，爱就存在了，而早恋这个词，显得这爱好像是不合时宜的存在。而且说早恋影响学习这事也纯属扯淡，我没早恋，我学习也不好啊！

感情这事，就不适合想太多，尤其是把未来想得很坏，你是算命的吗？怎么就能笃定没有将来？虽说毕业了还能在一起确实很难，但难不代表不能。我有个好朋友跟她老公就是高中同学，人家大学四年异地都坚持过来了，现在都生二胎了。

总是担心以后是没有用的，浪费生命，不如过好当下，所以与其惶惶不可终日地想着将来会不会结婚、对方会不会变心，不如想想接下来去哪里约会好一些。

想起大学时候，当时的一个好朋友恋爱了，找了个男朋友是外省人，对方家里的观念过于保守，规定他必须回家乡发展，要么带着女朋友回家，要么回乡娶个本地人。朋友是独生女，父亲又在几年前生病离世，只剩下母亲与自己相依为命，自然是不愿意远走他乡的，于是俩人商量无果，最终分了手。可分手之后，痛苦并没有消失，朋友每天以泪洗面，整个大学时期都没有再恋爱。

一定会有人觉得这样是对的，认为看不到结果的爱情就应该早点结束去开始新的人生,可是你怎么那么确定一定没有结果呢?没有结果的爱情就一定是错的吗?分开了就能好过吗?未必吧。

何况分手的时候他们才大一啊,热恋期都还没过,就因为对未来的惶恐不安,早早地分开了。虽然现在朋友已经嫁为人妻,跟其他更适合的人过上了安稳日子,但他们曾错过的那段青春,我一个旁人都会为之遗憾。

相爱的人一起规划未来很正常,可是在感情最开始的甜蜜期,就把未来若干年后才会出现的问题揪出来摆在面前实在是有些残酷。本来感情还没稳定,就开始纠结"你留下来,还是要我一起回去"这种看谁妥协的问题,纠结来纠结去,最后为了原则谁也不想违抗父母,于是父母都还没出招,俩人就被自己所"预知"的坏结果闹到分道扬镳。一场美好的初恋,与其说是被现实打败,倒不如说是被臆想打败。可说得再现实一点,如果继续下去,将来会导致分开的原因,未必就是家庭因素吧。

老话说,人应该未雨绸缪,可是对感情不适用,若你非要求得一个确凿又安稳的结果才肯前进,就放弃吧,如果放弃能让你更好过的话。只是我更赞成人在什么阶段就做什么事情,当下你爱他,那就好好爱,管他将来是去还是留。但行好事,莫问前程,不是挺酷的吗。

人啊,就是容易想太多,为一些自己幻想出来的坏结果而庸人自扰。但其实感情偏偏不能想太多，再好的两个人，也经不起细细推敲，想多了就觉得哪里都是障碍，没有前途。就像数新衣服的针脚，越看越觉得不匀称，还有拉链会不会滑丝？扣子看起来也不牢靠……再细细看下去，这件衣服还没好好穿在身上美过，就陈旧了。

人总是因为患得患失而忘记享受当下，倒不如就放宽心一天天过好了，过一天珍惜一天，慢慢地，日子数着，一辈子也就过去了。也别说什么肯定没有结果的傻话了，未来多复杂，哪由得你一眼就看透。

别说什么意念回复，不上心就是不上心

之前网上流行一句话，大意是，不是我故意不回消息，有时候真的以为是用意念回了。有网友吐槽，不上心就是不上心，别特么说什么意念回复。

我曾经谈过一段失败的恋爱，对方总是不回消息，如果当时出现了意念回复这个借口，应该就被用上了吧。我知道他确实挺忙，但忙到一点回消息的时间也没有那是假的。记得有次我有事联系不上他了，于是急急赶到他家里，发现他在打游戏，手机没电关机了都不知道。

倒也不是不爱，就是在一起久了，就不再为此紧张了而已。有次遇到事情需要沟通，我急了，问对方为什么总是不回，结果他说，前面置顶了很多工作群还有合作伙伴所以没看到，最后还漫不经心地说了句，有事打电话不就好了。可是，工作才是应该有事打电话吧？

等消息真的很难熬，除了不回，还有一种恼人的是回得极慢，如果忙的

197

话，那就不要聊，要聊就好好说话，别蹦一句消失一会儿，因为等消息的时候很难专心做别的事。一般我忙起来不方便聊天的时候一定会跟对方说，如果不忙就会尽量秒回。

还有一种是聊天聊到一半突然没影儿了，即使困了说一声还是可以的吧？去忙之前打个招呼也不会耽误多长时间吧？

喜欢会写结束语的，感觉特别甜，不会让人兀自等待，但大部分时候人们都是说着说着就没影儿了，或者觉得没有一定要回的必要就不说话了，但另一边还在傻等。喜欢聊天时甜甜的人，即使彼此说了晚安，他也会再回个表情作为结尾，永远让对话结束在自己那边。

记得有次我在郊区，跟正在聊天的人说车马上要开进峡谷了，如果没回就是没信号了，许久之后，对方说起这个事还觉得特别暖。大概所谓的在意，也就这么回事了吧。

手机快没电了，甜的人就会说自己手机没电，如果没回就是关机了，而有的人不说就突然失去联系。于是对面的人只能干着急，这是咋了？不会出什么事了吧？担心半天之后，对方充上电才悠悠地来一句，刚才关机了。有解释还算好，还有一种是消失了几小时再若无其事地回复，没一句解释。可人们对喜欢的人都是想很多的，稍有怠慢就怀疑自己失宠了,想着对方可能跟妖艳贱货约会去了吧?进而为此闷闷不乐。但如果稍加解释一句,就天下太平,你好我也好了。

肯定会有人不理解这种心情,觉得作啊矫情啊玻璃心啦,但如果一个人真的喜欢你、在意你,是一定会有这样的情绪的,因为总担心一个疏忽,你就被别人抢了去。

而且这种过分的在意也只是针对喜欢的人而已,对朋友倒不会如此计较,即使过再久不回,下一次接上话了,又能若无其事地聊起来。

太在乎才会在意,太在意才会不满意。

而这些看似细枝末节,但稍不注意就会影响到感情,因为当对方为此觉得自己不被在意的时候,也会一点点收回自己的感情。

不太好的时候，我总是去考虑别的事

在日本的时候我跟苗苗住一个房间，每天晚上她都会跟对象用微信聊语音虐狗（我）。有天晚上打着打着突然就开始争吵，原因不明。

过了一会儿她放下手机，告诉我，男朋友把她拉黑了。虽然说的时候脸上努力保持平静，但我看她眼圈明显红了。本来开着电脑准备工作的她，经这一闹，什么心情都没了，坐立难安。

她佯装没事，还跟我说笑着，这个贱人，逼我给他发越洋短信，贵死了！我赶紧劝她，别呀，这时候去理论没用的，在气头上都没句好话，而且说越多越占下风，不如做点别的事情，等对方冷静了，一定会来找你。

然而苗苗直接忽视了我的建议，她说，不行，不把这事解决了我什么心思都没有。于是埋头继续编辑短信去了。

CHAPTER 5

后来那天晚上我也没睡好，虽然为了降低分贝，苗苗已经躲进卫生间小声打电话，但因为我轻度的神经衰弱，细微的动静还是能影响睡眠，于是直到凌晨四点左右，她躺到床上安静下来，我才得以入睡。

那晚只睡了两小时不到，因为六七点就要起来赶飞机。当天我跟苗苗都顶着巨大的黑眼圈，但她心情看来还不错，跟昨晚气急说要分手的完全是两个人，果然矛盾解决了，就什么都顺了。

我后来想，如果我是苗苗，应该也会跟她一样焦虑，恨不得分分钟冲回国跟对方当面对峙。感情问题就像卡在喉咙的刺，一秒钟都忍不了。可是作为旁观者的时候，心情平静，于是能劝对方，先不急，忙一下别的事情，等双方都冷静下来了再沟通。有人能做到这样吗？确实是有的，只是对绝大多数人来说，很难做到。

这个其实跟心态、性格都有关系，有的人因为脾气暴，吵架的时候要把怒气消耗完，吵出个结果来才会消停；有的人是因为没安全感，太紧张，觉得小矛盾也会导致关系破裂，于是紧追不舍，直到最后和解，才能证明你还爱我。

我见过情绪控制特别厉害的人，当跟伴侣出现矛盾的时候，如果是对方的错，且对方在气头上，并没意识到自己错的时候，她就选择消失，微信装死，保持沉默，也不跟对方讲道理，不着急让对方认错，该干吗干吗，管它吃喝玩乐还是工作，一样不耽误。然后过不了多久，对方就打电话来道歉了。

村上春树在给好友女儿的结婚贺词里说，"我也只结过一次婚，所以好些事儿也不太明白，不过结婚这东西，好的时候是非常好的。不太好的时候呢，我总是去考虑别的事。但好的时候，是非常好的。"

不管是结婚还是恋爱，此话都是受用的，尤其那句"不太好的时候，我总是去考虑别的事"，但其实大部分人都做不到。

没有一帆风顺的感情，两个人朝夕相处一定会有个别矛盾，但痛苦的时候，有的人总是专心痛苦，而有的人知道走出来，想想别的事去转移注意力，这么一来，坏情绪自然就淡去了。

我也喜欢他重复了两次的"好的时候是非常好的"，所以不好的时候，多想想好的时候，或者分散下注意力，不火上浇油。

那么，愿你们有很多好的时候。

谁不是学着去释怀

CHAPTER 6

失恋要趁早

郭德纲有段采访视频，主持人问他：活得明白是需要时间的吧？

郭德纲说：不需要时间，需要经历。3岁经历一件事就明白了，活到95岁还没经历这个事他也明白不了。但是吃亏要趁早，一帆风顺不是好事。

恋爱其实也是这么一回事。

我第一次失恋是在大一，虽然没有真正在一起，但对方撩完我就跑的行为确实让人有点无措。我花了好几年时间，才走出来。

那时候没谈过恋爱，还不知道爱情是啥，但当他打电话弹吉他唱歌给我听的时候，心里有个声音响起：嗯，就是他了。

我们第一次约会，沿着河边散步，漫无目的地聊天，并肩而行，夜风凉凉的，偶尔胳膊蹭到胳膊，又是热的。说来难以启齿，那是我第一次跟男孩子约会，跟以前的暗恋完全是两码事，切实的心跳感觉。

我开始疯狂想象我们的将来，恨不得去网上发问，第一次恋爱要注意些什么。然而见了两三次面之后，对方突然告诉我，我们不合适。于是没有经历恋爱、分手的我，失恋了。

那段时间，我矫情地以为整个世界再也好不起来了。吃不下饭，成天抹眼泪，觉得自己再也不会喜欢别的人了，没有他，人生都没有了意义。

那时候我们在一座不大的城市，每当外出的时候我总是小心翼翼，一边寻觅一边躲藏。看到跟他相似的身影都紧张到心跳加速，生怕在某个街角与他偶遇的时候，撞上我的一脸狼狈。想见他，又怕见他。

然而我们并没有偶遇，我再没有见过他。

我给他发了很多信息，他从来不回。有一次他突然回了，我坐在电脑前，哭得稀里哗啦。

他同时给了我生命里第一次恋爱和失恋的感觉，以至于在后来的一些日子里，我都忘不掉这个人。

怨恨过吗？当然有。恨他为什么以喜欢我的姿态闯入我的生活，给我想象，却又以不合适这样拙劣的借口消失得干干净净。我甚至希望，从来没有遇见过他。

他对我造成的伤害，使我陷入了严重的自我否定情绪里。我坚信一定是自己不够好，所以他不愿意跟我在一起。即使后来又有新的人对我示好，我也无法拾起信心。这件事，直到两三年之后，才得以释怀。

曾经做的最有勇气的事，是没有删掉他的联系方式，于是后来看到了他在QQ空间和朋友圈中晒跟女朋友的旅游照，再到结婚照、后来的孩子满月照。看着他从恋爱、结婚到生子，落入了俗套却幸福的人生，从一个我心里闪着光的吉他男孩，变成了别人的丈夫和父亲，心里很平静，平静到只有真心的祝福。

现在我们成了所谓的点赞之交，我在朋友圈发自拍的时候，他偶尔会夸上两句，他晒孩子的时候，我也去点个赞，好像从前的相遇和离别都只是一场梦。那些曾耿耿于怀的事，终究还是放下了。

也许你也曾因为一个人，打翻过全世界的天平，孤注一掷地动容过，撕心裂肺地痛哭过，但是不要紧，经历的一切，不管是好是坏，都有它的意义。好的教你珍惜，坏的教你懂得。爱不到，那就彻底地痛完，然后

谁不是
学着去爱

向前走。

第一次失恋，也许需要很长时间才能恢复，可一旦扛过去了，将来再遇到伤心的事，就有了一定的免疫力，恢复起来也更快。因为至少明白，这样的伤心，总归是会好起来的。都是掉了悬崖死过一回的人，谁还会怕高楼？

现在再遇上失恋，我给自己的时间是一周，甚至用不着一周，只要想明白了，一天就能重获新生。倒不是因为受过伤所以变得薄情了，只是更懂得保护自己，也更乐观。当然爱的时候也全情投入，可一旦失去了，只能调整好自己，然后，move on。

以前失恋，我会相信对方冠冕堂皇的理由——喜欢，但是不合适，后来发现那些都是狗屁，只不过是为了掩饰"更爱自己"的事实而已，潜台词就是，你达不到我的要求，所以拜拜。

昨天朋友发了一条微博，我觉得写得很好，跟大家分享一下：

"有一个人，从你见第一面就知道你们不会是同路人，他要在海边烧尽日落当作灯塔等待远归的人，你要爬上高山草甸湖泊看漫天繁星组成银河，迟早会分道扬镳。可你就是想硬生生地拆掉桥，造出路，砍掉荆棘，去除蔓藤，你明明知道是绕路，可你还是想陪他多走一段，再多走一段，仿佛分别永远不会来临一样。"

你看，真的喜欢一个人，就是这样的，即使知道对方跟自己不合适，也拼命想要削掉自己的棱角去契合对方。所以当一个人决心离开你，就不要抱侥幸，觉得自己再努力一点就还有可能和好。而承认他不爱你这件事，就会好过很多。

哪有什么非他不可的事，钥匙丢了，都还能再配呢，何况这个世界上最不缺的就是人。如果你体会过失恋的痛苦，这些道理，别人不言，你自明。

想起一个悲伤的故事。一个朋友的姐姐，和她老公是初恋，在一起十年，顺其自然地结婚了。可结婚没多久，老公出轨了。当男方提出离婚，多次挽回无用之后，她绝望地从十层的窗户跳了出去。

我可以理解这种绝望，一个贯穿自己十几年生命的人，突然背叛了自己，这感觉，跟被抽走半条命没什么区别。

第一次经历这样的伤痛，无法面对是难免的。可我还是忍不住想，如果她曾经爱过别的人，或者失去过别的人，是否会看开一些，结局也会不一样？

就像有的人，从来不怎么生病，可一病就如山倒；而有的人，经常小病小痛，却从未倒下。我们就是这样在一次次伤害中获得免疫力，变得强大的。

吃亏要趁早，失恋要趁早，当你见过了渣男渣女，经历了背叛、欺骗，你伤心过、痛哭过，你就会明白，世界上没有任何一种跟生命无关的失去会夺走你的所有。你失去的，岁月会用更好的东西补回来。

跟陌生的人恋爱，跟熟悉的人结婚

大学寝室的小秦妹在微信群里突然说：我离婚了。

我们五个姐妹都惊呆了，就像四个月前她突然通知我们要跟刚认识的男朋友结婚了一样。

闪婚前小秦妹用一句话封住了我们所有的疑问：人生苦短，必须冒险。再说，男方工作不错，家境不错，长得挺帅，父母都是知识分子，错不了。

他们恋爱时，36天的相处时光充满了辣眼的新鲜感，浑身上下都被荷尔蒙360度无死角覆盖，1天的婚礼更是在昭告整个银河他们从此会过上没羞没臊的幸福生活。

然后啪啪啪的声音不仅来自滚皱的床单，还来自打脸的现实。

小秦妹开始在群里戾气横飞地向我们细数着婚后每一天没法过下去的日子，结婚不到三个月，对方脾气180度大转变，一言不合就摔东西，以前爱打扮的模样也一去不复返，变得邋里邋遢，还不爱洗澡。家务事更是不管，甚至不能听一句重话，叫嚣着看不惯就滚。

姐妹们竟也没有多的话可以安慰她，毕竟从恋爱到婚姻，时间太短，双方都不熟悉彼此的前世今生，就这么匆忙地开始了婚姻家庭生活，实在是无从安慰。

现实生活中，也有那种一见钟情就私订终身然后在长久的岁月里举案齐眉的好姻缘，但那一定也是相同气场的两个失散多年的同道中人在人群中发现了另一个自己，这样低概率的事情，我想我们还是不要那么确定自己一定能够撞大运为好。

跟陌生的人恋爱，把自己想要隐藏的都隐藏起来，把想要呈现的完美呈现出来，可以点缀自己的过去，可以大话自己的未来，总之极尽一切美好地演绎你看过的偶像剧中的每一个桥段，女一还是女二，随你高兴。

西餐、日料、旅行、电影是你们的日常，对方每一寸新鲜的肌肤、每一个你不曾见过的眼神都是催进你们负距离交流的能量，享受着最好的自己、最美的爱情。

如果你要带着这样的状态走进婚姻,劝君回忆一下:每月青黄不接的薪水、被老板骂得一无是处的方案、才华对不起野心的现状、懒癌频发的生活……

当这些暴露在你眼中最美好的爱情里,如果双方都还觉得依然美好,那么恭喜你,可以发请帖了。可什么样的人才能觉得这样的暴露依然不能毁掉接下来你们要一起远行的决心呢?

一定是那个你们彼此熟悉的人,他了解你的过去,理解你的无奈,你也亦然。不需隐藏,不需遮掩,你不会因为发现对方的某个缺点和不堪而大惊失色,以致悔不当初;对方也不会因为你从不做饭的习惯而和他妈妈站在一起数落你,以致你在家中孤立无援。当你下了班累得半死时,他是可以淡定目睹你肆无忌惮地躺平在沙发上装死的那个人;也是你在矫情不安,疯狂掉眼泪时,替你拿纸巾的那个人;在你生病卧床时,陪在身边替你煮营养粥的那个人……

跟陌生的人恋爱,跟熟悉的人结婚。如果你要命地爱上了那个陌生的人,别着急,等你们变成彼此熟悉的人,再结婚吧。

做个正能量的人

某天,心情极度不好,心灰意冷。朋友发消息来跟我搭话,语气欢快。我突兀地问对方,你为什么总是很开心的样子,从来没有负能量?

对方说,我有啊,只是我把负能量都留给了自己。

我突然一阵惭愧,想想自己经常一不开心就找朋友吐苦水,而朋友却总是苦口婆心地安慰我,没有一句怨言。更可怕的是,久而久之我就习惯了这种状态,一不开心了就去跟朋友求安慰,却不曾想过,对方也是普通人,也有烦心的时候。

后来我慢慢变了方式,不开心了就找些事情去做,或者跟朋友们聊聊别的,分散注意力,而不是一上去就抱怨。

倾诉确实是很有必要的,可以增进人的感情,同时也发泄自己,可有时候,如果说的东西全是负能量,说了对方帮不上忙,还徒增烦恼的话,就没有必要再说，更何况这可能令人生厌。

有个朋友就是标准的祥林嫂性格，每次大家一提起失恋这个字眼，她就会开始抱怨，男人没一个好东西，然后开始说自己曾经被甩的事。一提到工作，她就开始抱怨自己的工作多么不顺心，老板多苛刻，同事多不好相处……不管提到什么，她都会扯到自己身上，并且永远都是负能量。听第一遍的时候，大家会觉得，啊，好可怜，听多了大家就烦了。以前聚会总叫上她，现在都躲着她。

人的烦恼有很多，减肥、考试、工作、失恋……这个世界上没有人喜欢烦恼，也没有人喜欢当情绪垃圾桶，如果学不会正确控制情绪的方式，就很容易变成一个负面的人。举个简单的例子，与其跟瘦的朋友抱怨说，哎呀，我好胖啊、我好烦啊，不如找一个有同样烦恼的朋友，跟她说，我们一起减肥吧，互相督促。

坏情绪很容易传染，若是负能量的朋友，偶尔相处倒能忍忍，若是朝夕相处的恋人那就有苦受了。

前一阵一男性朋友分手了，大家很不解，明明女朋友那么美，俩人也谈了大半年了，都以为会奔向婚姻殿堂的，没想到却分手了。

谁不是
学着去爱

最终在大家的逼问下，朋友说出了实情，因为女方太喜欢抱怨，每天的日常就是吐槽，北京天气糟、工作量大不合理、同事鸡贼算计、刚买完的东西却遇上打折……一开始朋友也总是哄着，后来发现不但开导不了，自己还会陷入负能量里。并且在对方不高兴的时候，自己要陪着不高兴，如果没有，就会受到斥责。朋友实在受不了，提出了分手。

以前也会遇到朋友来跟我抱怨失恋、工作压力大……听了内心跟着焦虑，却无能为力。有什么办法呢？说啥也不能让走掉的爱人再回头，工作的事也爱莫能助。有次我也处于焦虑状态，急了就回抱怨工作的朋友，开心最重要，如果不开心，要么走人，要么忍。对方被吓到，怯生生地回，我只是说说而已。可这随便一说，让自己和听的人都陷进了负能量里，实在不划算。

有时候心事解不开，确实需要跟朋友倾诉，但倾诉心情多于事情，就会变成抱怨。跟朋友抱怨，一般第一次都会收到耐心安慰、劝解，反复两三次之后，基本都会失去耐心。更重要的是，不爱你的人根本不会在意你的心情，爱你的人会因为你的负能量而同样影响心情，跟前者讨嫌和让后者也陷入负能量自然不是你想要的，所以不如多说说开心的话再找点转移注意力的事情做。

因为爱过，所以无法心平气和地错过

分手后还能做朋友这件事，按我自己来说，除非是一点感情都没了，否则稍微有点念想，就无法忍受只是朋友，因为再看一眼，就还是想拥有。

只要我还爱你，我就无法跟你做朋友，因为你遇到新的感情了，我不会像朋友般祝福你。没有我在，你过得更好了，我会失落；你过得不好了，我会担心却又无计可施。我会想像从前一样与你联系，可关系又不允许。我会密切关注你的动态，去哪儿了，干吗去了，跟谁一起？有新的人喜欢你吗？有新喜欢的人吗？我会患得患失，你多跟我说几句话，我就以为还有转机；你稍微对我冷淡了，我又焦急。

因为还喜欢你，所以无法心平气和地忍受失去你，于是要拉黑、要决裂、要幼稚可笑地装作与你势不两立。而自我保护的方式，就是与你失去联系。

有句话说，分手后，我们不可以做朋友，因为曾经伤害过；我们不可以

谁不是
学着去爱

做仇人，因为曾经相爱过。

道理都懂，但总有人不甘心，非要把心脏割裂开来，让血流个干净。

大宁分手，是前任提的，大宁问为什么，对方用了那个使用率最高的借口——不合适。大宁不傻，知道其实就是不爱了，于是也没再问什么，同意了分手。但心里一直觉得，只是对方的爱不再满格了而已，并不是一点儿也不爱了，于是抱着一丝侥幸，觉得只要保持联系，努努力，总还有翻盘的机会。

女人主动想做朋友，男人一般都不好意思拒绝。一开始都是大宁主动搭话，时间久了，对方话也多了起来，于是俩人隔三岔五就有一搭没一搭地聊，看到好玩的，依然互相分享，什么都谈，就是不提感情。

大宁心思细，亦步亦趋，连句想和好的试探性话语都不敢说，更是不敢主动约见面。终于，在"五一"前，对方跟大宁说要外出一趟，得拜托她照看下家里的狗。大宁高兴极了，时隔数月，终于盼来了一次见面，且内心忍不住得意，果然还是需要我的吧！

大宁兴高采烈地把狗接到家里，好吃好喝伺候着，即使咬坏了自己的数据线，横冲直撞打碎了好几个玻璃杯也不生气。只眼巴巴盼着对方尽快回来，这样就又能顺其自然地见面了。

三天过去，终于等到对方回来，接走了狗，说了感谢，就匆匆离开，没有礼物，更没有幻想中的深情表白。

晚上大宁辗转难眠，想跟对方说话，又不敢问，百无聊赖地打开朋友圈，正好刷到对方发的旅游照，俩人并排而立，面对着镜头，旁边依偎着一个女孩。大宁脑子嗡的一声，炸了！想骂对方，可错的明明是自己。

大哭一场，默默地删掉联系方式，这一场撕心裂肺的独角戏总算是等来了大结局。

以朋友的身份爱一个人，太过隐忍和卑微，你甘愿做对方的备胎，即使抓住了一切可乘之机，也只能沦为一个替补。若他喜欢你，怎么甘心跟你只是朋友；若你喜欢他，又怎么甘心跟他只是朋友。朋友可以有很多，而爱人只需一个，咱不缺朋友。

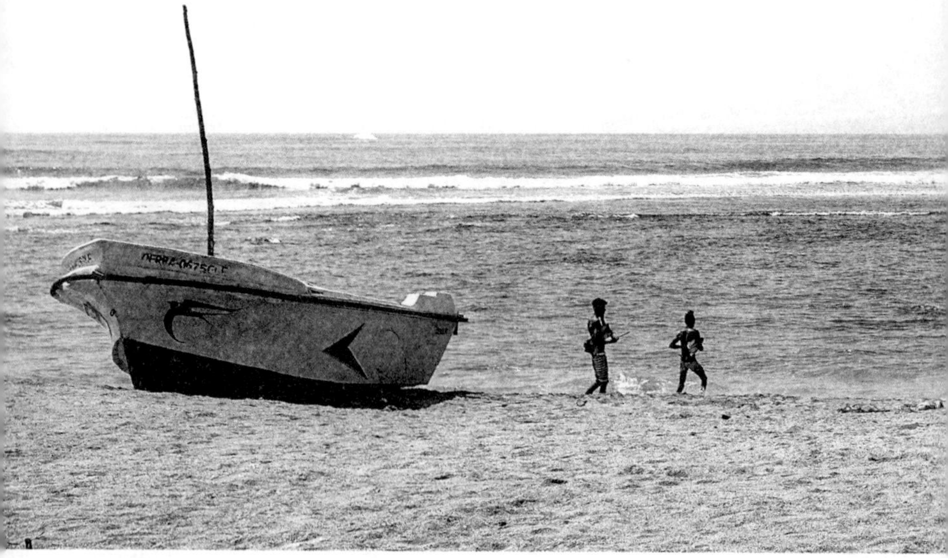

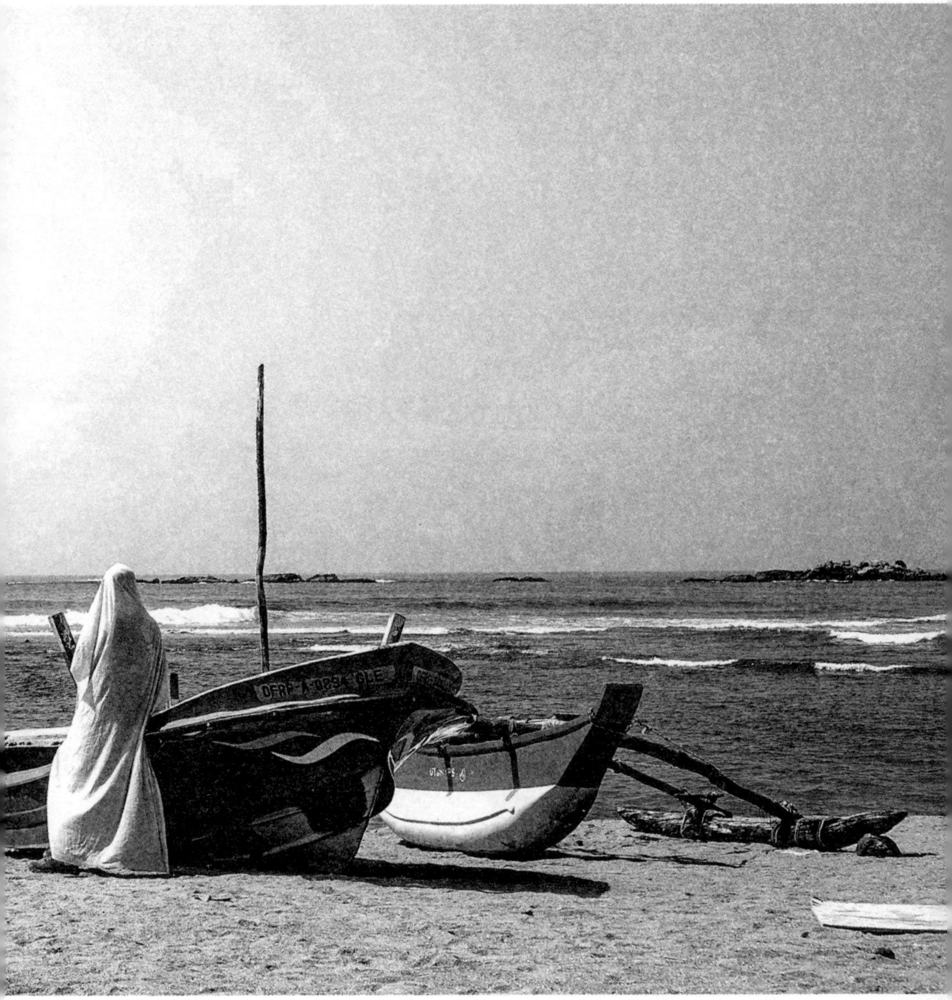

别再努力了，他不会喜欢你的

阿图喜欢一个男孩子，表达爱的方式是默默地对他好。

她像他的田螺姑娘，在他需要的任何时候都永不缺席。家庭趴之后，她帮他把杂乱的家里收拾妥帖。他要去谈一场大合作，她一个人逛街帮他挑合适的衣服，却比他自己买的还合身……每次送礼物都要给相熟的几个共同好友准备一份，只是为了礼物可以不唐突地派发到他手上。抢到了一张喜欢的偶像的演唱会门票，可他也喜欢，于是借口说自己有事，让给他去看……她把爱表达得自然而含蓄，像友情、像亲情，于是他也没把这一切跟爱情关联起来。

有天他发烧，她正在忙着给他倒水吃药，突然他问，你对我这么好，不会是爱上我了吧？

她一愣，水漫出来，洒了一地。心像是被什么东西重击了一下，脑子一瞬间好像停止了工作，嗡嗡的。甚至奢侈地想，难道他也喜欢上自己

CHAPTER 6

了？于是破天荒地,她竟然笑了出来,故作轻松地答,是啊。

他说,你别吓我啊,哥们儿。

她继续笑得前仰后合,然后收起笑说,我喜欢狗。

他说,靠,吓我一跳!就当你关爱单身狗了。

她走到卫生间,强忍眼泪。知道了,哥们儿。

跟所有苦情的人一样,她还是忍不住要对他好。他父母来北京,他加班没时间去接,她说交给我。他做的计划书领导说内容可以,格式太丑,得改,他抓耳挠腮,她说交给我。他说公司有个妹子不错,她装作没有情绪说,接触下看看啊。

他们的共同好友越来越多,甚至他的父母都知道了阿图的存在。他母亲做手术,她赶去连夜照顾。在门口听他妈妈跟他说,这个姑娘多好啊,怎么不考虑下。他说,哎呀,妈,你想什么呢,我们就是纯好朋友,像好哥们儿的那种。

她对他的朋友们也好,他在家里宴客,她忙里忙外,跟个女主人似的。

他说，你咋那么能干，将来我媳妇有你一半勤快就好了。她傻笑，鼻子都笑酸了。

他们的相处，像姐弟，像母子，像哥们儿，就是不像情侣。

我想劝她一句，算了吧，他不会喜欢你的，可始终没能说出口。

阿图说，就当我犯贱吧。我就是想对他好、想照顾他，谁说这又何尝不是得到，我活了二十多年，独独遇到这一个想要不顾一切的人。人就是可怜啊，爱不爱都心不由己，我猜他也希望自己可以爱我吧。

我问她，要坚持到什么时候。她说，在他遇到那个人之前吧。

上周末，他结婚了，阿图没有去参加他的婚礼，发了最后一条信息：恭喜啊，终于有人代替我照顾你了。我爱你，再见。然后离开北京，回了老家云南。

她说分不清这一场相遇是劫还是缘，我说，于他，是缘；于你，是劫。

不过还好，这一场浩劫，总算是结束了。

全世界那么多人不喜欢你，
难道每个都去求吗

前两天看一个星座直播，笑得我在地毯上打滚。

有人问主播，喜欢的男孩子不怎么搭理我，是不是因为星座问题啊？能不能讲讲XX座……

主播骂道，你有病啊？你见过哪个星座谈恋爱是不理人的？人家就是不喜欢你！

你看，其实很多道理就是这么浅显的，只是人们不愿意接受那个坏结果罢了。明明心里早就想了无数遍他不喜欢自己，还是要找个无关紧要的借口，给自作多情一个台阶下。

于是你想着，他不理自己是不好意思，是慢热……可哪有人会对喜欢的人慢热啊？热情似火还来不及！感情谈久了没那么黏很正常，但如果一开始人家就对你爱搭不理,那就换一个人喜欢吧!

全世界那么多人不喜欢你,难道每个都去求吗?

你说"有些人说不出哪里好,但就是谁都替代不了",如果对方喜欢你,那这句话听起来就很甜,大可以歌颂爱情,赞美一切;如果是你一厢情愿的单恋,那只能说是自讨苦吃。

我不赞成在感情开始以前付出太多,靠打动对方来换取爱情,尤其是女孩子。

我希望你喜欢我,是因为我的优点,长得好看、性格好、学习好……任何都行,而不只是我对你的好。若说喜欢一个人是因为其对自己好,究竟是夸人还是骂人呢?

一个人难追的程度跟喜欢你的程度成反比。

好的感情,在一起之前应该是不需要努力到青筋暴跳的,努力应该是在互相喜欢之后,为了让感情保温和升温去做的事。正常应该是,你跟我在一起,我会对你好,而不是我对你那么好,你就跟我在一起吧。

而且努力这件事,放在感情里不但不励志,听起来还很苦。我努力学习、努力工作、努力打扮,努力了那么多年变成一个还不错的自己,却还要努力去取悦一个不喜欢自己的人?

而最残酷的是,努力还不一定奏效。

每个人都有自己喜欢的类型,大部分时候,是第一眼就决定了会不会喜欢。

也许你靠努力,打动了对方,但人总是犯贱,还是会在心底遗憾当初少了那么点心动。于是每在心底多一声叹息,你们的感情就经历一次海啸。

也不是想吓唬人,但确实很多劈腿的,就是因为遇到了那个第一眼心动的。

我喜欢过一个人,对方表现得好像喜欢自己,又好像不那么在意,我为此很难过,觉得一定是自己不够好,所以不能打动对方。朋友说,不是你不好,而是你根本不是对方喜欢的类型。

是啊,有的人就是喜欢臭豆腐,你不能为此觉得是甜豆腐脑错了。所以,不必为此不开心啊。

快乐其实是一个对自我满意的过程，与其取悦别人，不如取悦自己。

有些不快乐表面上看是因为别人不喜欢你，但实际是你为此自卑，觉得自己不好了才不开心，可如果你对自己满意，别人的看法就不重要了。

我以前不开心就会去逛街，买好看的衣服，把自己打扮得美美的，就觉得心情好了。心里想着，老娘这么美，他不喜欢我有什么关系，还有别人喜欢我啊！

所以只有当你对自己满意的时候，才会对未来充满希望。就不要花时间去纠结一个不喜欢自己的人了，应该花时间去让自己变得更好。

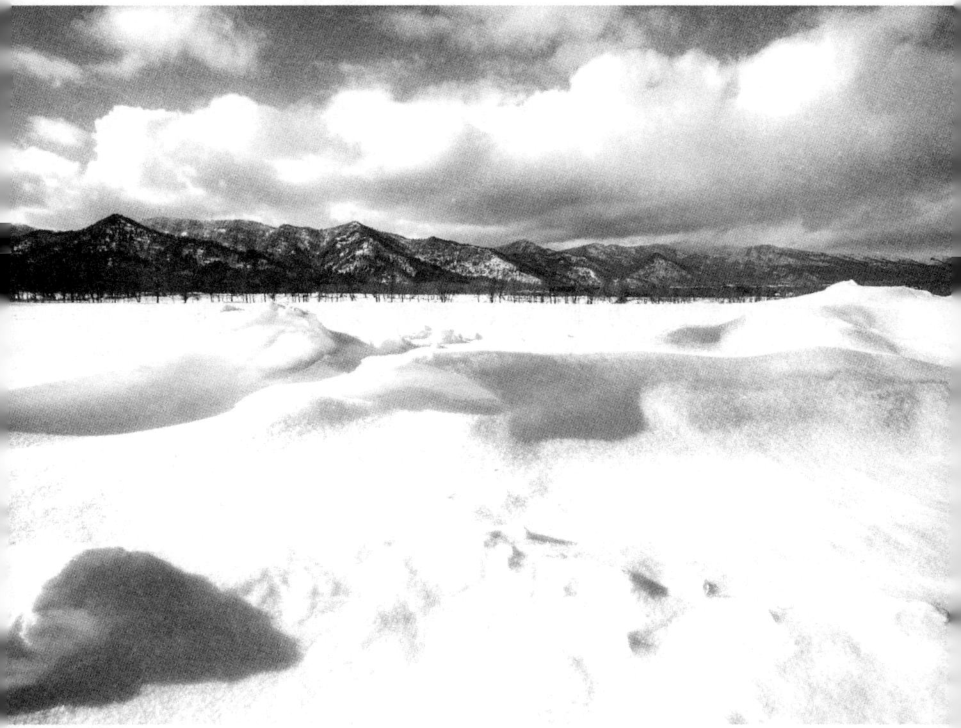

爱没有界限，但有底线

大学时候班里流传一个很轰动的八卦，某女同学的男朋友是她的高中数学老师。对于这个消息，男同学们都不怎么震惊，倒是女同学们很兴奋。毕竟谁还没暗恋过个把男老师，所以这事就像实现了一项共同夙愿，值得大家一起为之喝彩。

大学那几年，女同学跟男友成了异地，大家纷纷表示不看好。男方都过三十岁的人了，家里催结婚催得紧，难不成就这么等几年？

女同学也想过放弃，说还是算了吧，别等了。但男方说，曾经那么难的日子都熬过来了，现在这点困难怕什么，我相信你，你也要相信我。

于是很顺利地，在大二那年，女同学刚满20岁的那天，俩人就领了结婚证，毕业后紧跟着就生了娃，现在孩子已经会叫爹妈了。

师生恋修成正果的故事在现实中还是少之又少，大部分都是以离别收尾。

CHAPTER 6

老杜的故事，一度让我听得鼻子发酸。

老杜的初恋在高三，对方是他的化学老师，比他大7岁。老师表达爱的方式之一是督促他学习，老杜表达爱的方式之一是好好学习。于是每天放学后，她都要先在操场溜达几圈，确认同学们都走了之后，再回到教室，给等在那儿的他补课。当时老杜的化学成绩曾在一个月内冲到了班级前五名。

这样的关系，充满正能量，却是危险的美丽，因为在那样的时期，无论如何都是不被大众接受的，她甚至有可能为此丢工作。低调再低调，顺利逃过了周围的眼睛，她却没能过自己那关。

家里催她嫁人，而他毕业了马上要去别的城市念四年的书，这一别，等待遥遥无期，于是陪伴他顺利高考完之后，她一狠心，换了工作和电话号码，消失得干干净净，从此失联。

再后来，老杜辗转要到了她的新号码，偶尔发去短信，讲自己的近况。像是一场自言自语，因为对方从来都不回。他甚至怀疑，自己拿到了错的号码，于是借别人的手机打过去，直到传来一声熟悉的"喂"，他才紧张得立马挂断。

后来他又坚持着继续发短信,依然没有回应。大学快毕业那年,他编辑了一条很长的短信发过去,说自己学业完成得不错,还找到了很好的实习工作……说完了一切值得庆祝的事,正准备放下手机,却收到了一条秒回消息,她说:"嗯,这样我就放心了。"这是分开后那么多年来,她对他说的唯一也是最后一句话。老杜捧着手机,红了眼睛。

当他再次翻开那本化学书时,发现元素周期表旁边她写了一句话——火车不会等人,但火车还会回来。他泪水翻涌,买了火车票,匆匆赶到她的城市。打开微信搜索她的手机号,想发一条告别的语音,却看到头像是她和她的女儿。

这是老杜的初恋,也是唯一一次恋爱。多年以后,他仍然没有找到可以与之一起媲美这段感情的人,大概那样的轰烈,一生也就一次了吧。写这个故事之前我还特地问了老杜,可以写吗?老杜批准之后我才开始码的字。可能个中细节我疏忽了,故事的曲折也没全讲完,但这场浪漫和遗憾是完整的。

这样的爱,本来就不被多数人理解,而能走下去的,更是寥寥无几。

记得有次看一个帖子,女生跟老师表白了,对方说,如果她考上一本就答应她,本来以为只是借口,但女生还是努力做题、背书。高考后成绩出来了，她考上了全省最好的学校。填志愿那天，她没见到老师，等所有人都走完了以后才一脸失落地离开，直到走出校门的时候，才看到早已等在门口的老师，对方假装严厉地说，这位同学，恋爱第一天就迟到不好吧？后面的跟帖基本都是在尖叫，太甜了，撒得一把好狗粮。

我很讨厌"师生恋""早恋"这样的词，爱是人的本能，不应该因为身份或出现在生命里的早晚不同而被贴标签。爱是没有界限的，不妨碍他人的两情相悦就一定是合理的。而师生恋之所以遭到偏见，是因为很多人不守规矩。

曾经有粉丝私信我，诉说如何困扰，因为单方面喜欢上了自己的老师，即使知道老师有家室了，还是忍不住想去表白，还分析老师只晒孩子不晒老婆一定是因为夫妻感情不和睦云云。我看了很生气，直接怒斥了对方。

爱没有界限，但有底线，所以要懂规矩。如果是彼此相爱，且都单身，那么OK，可明知对方有了家庭还不识趣，就涉及道德问题了。还有一些是因为老师本人不自觉，明明有了家庭，还去做越界的事情，为此被开除的例子不胜枚举，而也是因此，才破坏了师生感情的美感，为人们提起时所不齿。

爱没有界限，但有底线，愿大家不分界限去爱的时候能守住底线。

内心戏别太多，直男真的不懂

朋友最近喜欢了一个男孩子，情绪因为对方起起伏伏，纠结得快疯掉了。他多说几句话就欢呼雀跃，回复慢了、少了就又开始胡思乱想。

这天，对方聊着聊着就不说话了，朋友给我发来截图，问我，自己是不是说错了什么？

我说没有啊。

朋友又问，那是不是很难回？

我说，也没有啊。

于是朋友更郁闷了，他咋突然不说话了，这还没到睡觉的点啊？

朋友想了想，难道是忙？

我说，不至于吧，再忙连个消息都没时间回吗，说消失就消失，以为是太阳的后裔宋仲基吗！

朋友焦急难耐，一小时过去了，即使有事也该忙完了吧？但对方还是没回。

两小时过去了，依然没信儿。

朋友急了，问我，这可咋办？

我说，你那么多内心戏干啥，直接问问不就得了。

朋友发过去三个问号，对方反应过来，噢，原来你需要一个结束语啊！

这两个小时，朋友内心翻江倒海，而对方只是以为不需要回了，就这么简单。

后来又聊了几句，对方要睡觉了，说了晚安作为结束语，朋友才又开心了。

所以内心戏真的不要太多，很多时候直男不懂啊！有时候你想不出问题在哪里，也不明白对方什么意思的时候，那就去问，但问的时候先不能有负面情绪，比如对方不说话了，你不能撒气说，怎么又不说话了！是不是觉得我很烦？你这么问，对方才真的会觉得烦。可以问，你在忙吗？或者，是不是不方便说话？

想起来我有次醒得很早，给喜欢的人发了条消息，结果等到下午了也没收到回复，我就开始胡思乱想，为什么不回，有那么忙吗？是不是不想跟我说话啦。直到晚上，他才发来一大段消息，说早上醒来的时候迷迷糊糊以为自己回了，吧啦吧啦解释一通，我一天的失落瞬间没了。但其实如果我早点开口再问一句，就不用一个人胡乱猜测那么久了，只能怪自己想太多。

女孩子发无名火，很多时候也是自己想太多，还总以为对方能get到自己的点。

想起有个朋友以前总因为男朋友不回自己消息而生气，一开始我也替她生气，不回消息也太过分了吧！直到她给我看了聊天记录，发现并不是不回，而是聊了一堆之后对话停在了她那句而已。我说你这个根本不需要回了啊。她说，但我就是希望他再多说一句。我说，那你直接告诉他不就完了，不然你自顾自地生气，男人摸不着头脑，只会觉得你作。

CHAPTER 6

其实人与人相处有时候并没有那么难,尤其是在小事情上,觉得不开心的地方大可以委婉地说出来。我希望你聊天聊到一半,打算去忙的时候告诉我一声,不然我会一直等你的消息。这句话说出来有那么难吗?

记得刚谈恋爱的时候,我也总是为一些莫名其妙的小事生闷气。有一次跟当时的男朋友一起乘电梯,里面还有一个女人,穿得很性感妖娆,我当时第一反应是看男朋友的反应,结果发现他果然在看人家,眼神还直勾勾的。于是我生气了!很生气!!!我生气的表现就是不搭理人,不说话。毕竟我总不能直接说,你看了别的女人所以我不高兴吧?这样说出来显得自己很小气,眼睛长在别人身上,这也要管?很理亏啊!于是我就自己憋着,可是憋着又要不高兴,于是就变成了冷暴力。

后来我们去餐厅吃饭,男朋友问我,想吃什么。我板着脸,随便!男朋友一脸疑惑,这是咋了?后来他给我夹菜,我也不高兴地放回盘子里,愤愤地说,我自己夹。最后吃完饭,男朋友终于忍不住了,问我究竟咋了。扭捏了一番之后,我才说出了自己的想法,我说你直勾勾地盯着别的女人看,我不高兴。对方一脸惊讶,哪有女的啊?我当时在发呆,想公司的事呢。

原来我生了半天气,他根本没印象见过哪个美女。还有各种类似的小事,因为臆断的坏结果来情绪惩罚自己,和对方却不讲明,还希望对方能顿悟,现在想来当初真是作得不行。

女人内心敏感,很多困扰都是自己想太多。就拿看美女这个事情来说,有的女孩子能大大方方跟男朋友一起看,有的在路上遇到了美女,还主动指给男朋友看,看看怎么了,又不是劈腿。如果不能忍,那当场警告,掐对方一下、瞪一眼,都比事后生闷气好太多。

所以,在胡思乱想以前,不如冷静下,或者跟对方沟通下,因为你的内心戏,直男们真的不懂啊!

不以恋爱为基础的婚姻才是耍流氓

跟两个男性好友聊天,一个快三十岁,另一个快四十岁,说起感情观,俩人一致认可的是,男人即使再喜欢一个人也不会早早决定要娶对方,而真正下决定,要在相处很久之后。也许是一个酒醉的夜晚,她不厌其烦地从温暖的被窝里出来为自己冲一杯蜂蜜水;也许是某个太阳升起的早晨,她的笑声点缀了房间;也许是某个黄昏,她笨拙地做出了一顿晚餐……于是那一瞬间生出的美好无边,让人想一辈子留住。

随着年龄增长,人们少冲动了,变得保守和小心翼翼了,年少时没头没脑的那种喜欢再难出现,于是大家懂得了爱要在相处中一点一滴累积,而不是一瞬间的肾上腺素飙升。一来就想要对方给一个终身承诺,说起来是负责,可如此草率,其实对自己和他人都不负责。选个衣服都得试呢,何况是选终身伴侣。

"不以结婚为目的的谈恋爱就是耍流氓",这句话可是毛主席说的,曾经红极一时,但如今看来早已过时。这话适用于毛主席那个年代,女人跟男人睡了，就是得嫁过去的，毕竟大便宜被占了，男人不负责就是耍流氓。而且女人也别无选择，因为再嫁其他人就会被认为是不洁的，会遭白眼。而现在，时代变了。过去人们因爱而性，现在人们更多是因性而爱。

中国人感叹外国人真奔放，轻易跟人发生关系；外国人感叹中国人真奔放，轻易跟人结婚。到底哪个更流氓呢？严格说来，两情相悦的肉体之欢不是耍流氓，强买强卖的婚姻才是吧。

记得以前看狗血剧的经典戏码，女人为了嫁有钱人，故意设圈套，灌醉对方，然后到酒店稀里糊涂睡一觉，第二天醒来故作委屈，让对方负责，以此手段嫁入豪门。别说，生活中还真听过这样的例子，酒醒之后女方寻死觅活说那是自己的第一次，男人心软，最后结了婚。可是到后来还是离婚了，不爱就是不爱。

很多女孩子把安全感建立在婚姻上，觉得一段感情要登记后获得一纸证明才能安心，否则将来对方要分手，自己的青春就打了水漂。也许那时候自己三十岁，按传统观念来说，女人三十岁已经不年轻，没有太多选择的余地，而三十岁的男人却还风华正茂。于是为了所谓的安全感，女人会想结婚，求个安稳。可婚姻不是给爱情上保险，结了婚也可以离婚，如果一个人注定要变心，什么都拦不住的。真正的安全感还是来自于人自身，如果你足够好，爱你的人自然会留下来。

要说婚姻真正能牵制的东西，充其量是经济上的吧，可如果为了利益而结婚，跟耍流氓无异。

当然了，我也理解妹子们希望爱的人娶自己回家的心情，可这事急也没用，如果交往不久，以此去给对方施压的话，很有可能适得其反。如果他爱你，自然愿意向你求婚；如果他不爱你，你逼人结婚更没意义。

不以结婚为目的的谈恋爱都是耍流氓吗？不以恋爱为基础的婚姻才是耍流氓。

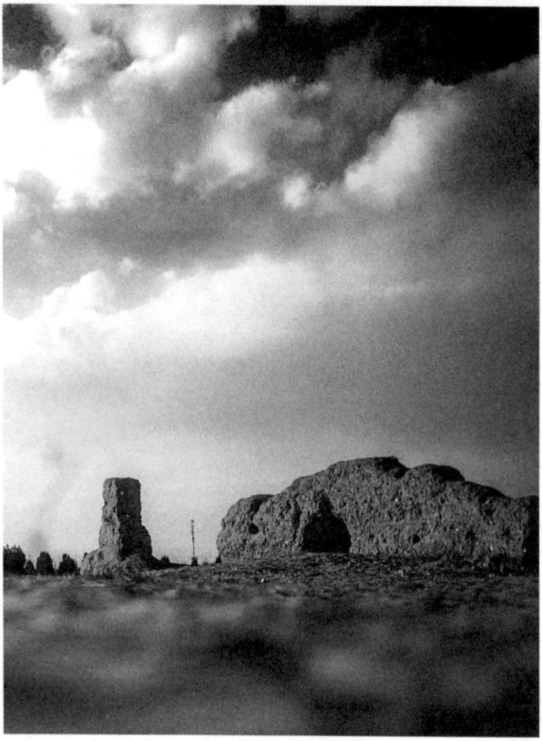

谁不是
学着去
忘记

CHAPTER
7

对于前任，能保持缄默，是一种修为

对于前任这个话题，不管是谁负了谁，都不值得对外人提。即使是对方变了心，你也不能算是正面的一方，因为被抛弃不是光荣的事情，说残酷一点，一定有个中原因，让你成为被抛弃的那个。如果是你先走，那也没什么可优越的。当一切都已成为过去，能保持缄默，是一种修为。

今天来聊聊这个问题——为什么不该说前任的坏话。

有朋友前一阵去相亲了，对方是普通白领，收入虽然不高，但过日子总还是可以的，据说长得不错，朋友看了挺满意，相谈甚欢。后面对方问到择偶标准这个问题，朋友一脸害羞，说看感觉啦，感觉对了，其他都可以慢慢磨合，然后问对方，你呢？这一问，就坏事了。

对方大手一挥，摆出一副苦大仇深脸，说，我不喜欢太物质的女人，在那种人的眼里，为了物质什么都可以放弃。接着说起了他那个前任，为了钱，抛弃了他们两年的感情，现在嫁了一个富二代云云。

朋友听得脊背发寒。在一起的两年,付出的他看不到,在对方走了之后,不知道反省自己的问题,还不忘扣个屎盆子过去。

如果为了钱,那一开始就大可不必跟你一起过啊。有句话说,没魅力的女人才觉得男人花心,没本事的男人才觉得女人物质。导致分开的个中原因,只有当事人知道,可如果一个人够好,另一个人又怎么会舍得离开?

哪怕你真的运气不好遇到渣男了,对方有更好的就把你踹了,你到处骂,有什么用?就好比你踩到狗屎了,还到处给人讲,你看,我踩到狗屎了欸!眼光差有什么可炫耀的?

"被抛弃"这件事不可耻,但大肆说出来,是可耻的。

有时候也会跟朋友聊起前任,一般都是说,不合适。当然确实也是不合适,不会有什么狗血的原因,假使真的有,我也不会说自己是被抛弃的一方,将来的择偶条件是对方要忠诚云云。

有人说,渣男还有理了,不能骂?能啊,去骂当事人吧,或者跟亲密的人吐槽下,但不要逢人就讲,搞得天下皆知,感情没了,气质也没了。

CHAPTER 7

这里说个题外话,不是变心的就属于渣,因为人的感情是很难自控的,每个人都希望能够与身边那个人白头偕老,爱到地老天荒,但爱这东西,浑蛋的地方之一就在于无法控制。你可以控制食量减肥,可以忍住不买喜欢的东西,但你无法控制不去想某个人,也无法催眠自己去爱一个不爱的人。但不管最后爱与不爱,都坦诚,那就不算渣,最多算自私吧。

我理解的渣,大概就是什么都想要吧。黄桃罐头和菠萝罐头,你要是喜欢可以都买回家;罗马和冰岛,你要是乐意,可以都去转转;但这个人和那个人,你不能贪心地都揽进怀里。

如果将来有一天,我的爱人坦诚地告诉我,他不爱我了,或者爱上了别人,我会伤心,但不会觉得他人品有问题而对他破口大骂。但如果他瞒着我爱别人,那就是另一回事了。我也不会攻击他不负责,如果所谓的负责,是不爱了还留在身边耽误我人生的话,这样的"负责",我不要。爱我,你才有资格对我负责。

换位想想,如果你不爱一个人,你要离开,对方却攻击你,你会怎么想?我也想爱你啊,可是做不到,能怎么办?坦诚地分开,对大家都好。

不说前任的坏话,这个道理在职场上也是一样,假使你的前老板再不好,你也不该在面试的时候对现老板说。别以为自己在理就是对的,当你指

247

责对方的时候，你就占了道德下风。而且你很难把握的是，对方会如何看你，也许是同情、怀疑，也许是嘲笑或者鄙夷。

《欢乐颂》里，邱莹莹跟渣男白主管分手之后，白主管给她穿小鞋，她手里有对方贪污的把柄，但不知道好好利用，非要闹得沸沸扬扬，让全公司看笑话，最后还不是一起被开了。

也有很多正面例子。

星爷跟朱茵分手了，据说当初是因为莫文蔚，可多年之后，朱茵提起星爷，却是感激。当年伊能静"牵手门"，哈林什么都没有说，两人静静离了婚。王菲主动与李亚鹏离婚，李亚鹏送出真诚祝福，对窦靖童依然很好。郎平排球事业辉煌，做人也不一般。女儿三岁的时候，郎平与丈夫离婚了，无数次被人问为什么离婚，郎平从来都不说。她说："我不想说，因为我有很多渠道发声，但他（前夫）没有，所以我不管说什么对他都是不公平的。"

所以，当一切都已成为过去，不求能慷慨几句，但能保持缄默，就是一种修为。

当然这是我个人的想法，可能以现在的思维，还是有些片面，毕竟这个

CHAPTER 7

世界上的可能太多了，每件事情都有个中缘由。也不敢对一件事下定论，毕竟资历尚浅，遇见的反例还不够多，虽然这世上应该被人人诛之的浑蛋也不少，但若你曾经爱的那个人还不至于让你这么恨之入骨的话，就少说两句吧。

没有一种爱是靠自尊换来的

小岩是我来北京之后认识的朋友,北京人,家庭条件不错,长得也不差,长发、白净、苗条,长相柔弱,性格也温婉。

小岩曾有个男朋友,我跟他们一起吃过两顿饭,印象中其男友性格宽厚,对小岩也很体贴。吃饭的时候服务员送来的是冰水,男友会要一杯温热的来给小岩。记得有一次,桌上有个菜是蒜蓉的,小岩抱怨说吃完有口气,于是不肯吃,男友马上搁下筷子出门找便利店买来口香糖,宠溺地揉揉她的头发,说现在可以放心吃了。

看似无比恩爱的两个人,大家都以为会结婚的,可前段时间却分手了,男方提的,先是说了一堆小岩的好,然后告诉她只是俩人不合适,并且祝对方能找到更好的云云。

其实说到底就是不爱了,只不过婉转的分手理由,对小岩这种单纯的傻白甜来说,自然是听不懂。于是她开始反省自己,是不是哪里不好了,

CHAPTER 7

太作了？不够体贴吗？不够美吗？

她开始每天信息轰炸对方，"我们哪里不合适？我可以改啊！""我们再试一次好吗？""别分手好不好？"……此类的话几乎天天都会说一遍。对方作为男人，也不忍心对她发狠话，只能一点点冷淡，回复越来越少，甚至不回。线上联系不到，小岩就跑到对方单位去，每天拎着各种好吃的去等他下班，对方从一脸惊愕到一脸惊恐，最后只能偷偷从后门溜掉。

小岩想不明白，曾经对自己那么好的人，咋说不爱就不爱了呢？不可能啊，人都是有感情的，努努力，一定还能挽回。

哭着装可怜已经不管用了，她开始作践自己——一个人深夜喝到烂醉给对方打电话。

因为担心安全问题，对方还是去接了她，并护送到家。之后对方又消失了，电话不接，消息不回。小岩急了，以死相逼，给对方发消息说，你不来我就跳楼。

最后的结果是，小岩没有跳楼，对方再也没回过消息。这样作践自己，只会让人想加速逃跑。

这件事已经过去好几个月，小岩也走出了失恋的阴霾，但回忆起来，依然很后悔。后悔的是，人没留住，自尊也丢光了。

爱情里需要适时地低头，这没错，可当对方心里已经没有爱情的时候，放低姿态，只会得到轻蔑。

还有一个朋友凡子，也是被分手，对方理由直截了当，没感觉了。凡子面不改色，说，行，那分手吧。然后回家对着镜子，捏捏自己肚子上的赘肉，哭得泣不成声。她知道，他嫌自己胖了。

而关于凡子分手这件事，我也是很久之后才知道的。因为从她的朋友圈看不出任何异样，依然看起来乐观开朗，不发矫情的文字，分享的都是旅行的照片和自己做的美食，一点儿也不悲观。直到七夕那天，她发了一张照片，配文字说自己单身狗，我们才知道她分手了。重点是，照片里，她美得不行，杨柳腰、鹅蛋脸，整整瘦了一大圈。我给她评论，什么时候出来喝下午茶，第二天我们就坐在了星巴克里。

虽然早已有心理准备，但凡子化着精致的妆准时出现在我面前时，我还是惊呆了，因为美得像变了一个人。

我问她，怎么分手了也不说？

CHAPTER 7

她笑笑,没什么好说的,不想把负能量带给大家,而且失恋这种事,别人安慰也没用,何况我也不想要同情,不如等自己状态调整好了再说。

我当时就差站起身为她鼓掌了。

说实话,凡子那段感情,不比小岩浅。他们一开始是异地恋,凡子为了男友,不顾父母反对来到北京跟他一起打拼,到这边之后事事都以男友为中心。这一分开,好像生活都整个空了一大片,那种孤立无援的痛苦,我能想象得到。可是她什么都没说,坚强得让人心疼。

分手之后的凡子开始积极社交,以往下了班就回家陪男友的她,单身之后会跟朋友们偶尔去酒吧坐坐,酌几杯小酒,聊聊天,顺便招来一些搭讪的小伙。周末报一些瑜伽或舞蹈班,社交圈丰富起来的同时,身段也苗条了起来。有意思的是,凡子变美之后,不要脸的前任竟然回头找她和好,凡子想都没想就拒绝了,理由是,这种人,配不上更好的我。

两个故事,两种截然不同的结局。倒不是说淡然接受分手就能换来对方回头,只是迅速转身更能保留自尊。

其实当一个人很冷静地提分手,基本就是铁了心不想跟你好了,至于有

谁不是
学着去爱

不得不分开的隐情这种事只是韩剧里的桥段罢了。有时候对方为了分得体面，把话说得很婉转，你也不要误以为还有翻盘的余地。比如对方说"你很好，只是我们不合适"，你就别没皮没脸地问哪里不合适，以及热情表达自己可以为了对方改变。相信我，这都没用的。不是对方不相信你可以改变，而是你真的改了，对方不喜欢你还是不喜欢你。这时候该做的，是不闻不问地转身，把眼泪憋住，也别说可怜的话去乞求对方回头，因为，没有一种爱是靠自尊换来的。

你看身边那些频繁上演的苦情戏码，男人为了追求女人，倾尽所有，良苦用心，就差跪下求对方爱自己了，最后也许追到了，但得到的算爱吗？感动吧。而靠感动和同情维持的关系，是非常脆弱的。

人是会犯贱的动物，当你把姿态放得很低的时候，对方就会误以为，你一定是配不上我，才这么卑微地努力讨好。当然，这句话的意思，不是说爱一个人不应该努力，努力是对的，但不应该卑微，你必须站在跟对方平等的位置上。

破镜重圆这种事，真的不是靠诚意、放下尊严去求就能做到的，如果硬要有什么办法的话，那就是更好的自己。

上次听朋友说起个有意思的事情，国外做过一个调查，男女在分手之后，七成的男人会越来越后悔，而七成的女人则是越来越放下，如果可以的话，但愿姑娘们都属于那七成。至于男人们嘛，你们各自坚强吧，哈哈哈。

他就是脾气不好，但人不坏

有句话说，人分三等：

三等人：有脾气，没本事。
二等人：有脾气，小本事。
一等人：没脾气，有本事。

脾气是本能，本事是能力，有能力的人可以抑制自己的本能。很多人管不好自己的情绪，还以为是真性情。而脾气差，也是情商低的表现之一。

以前不懂事的时候，怒点很低，尤其是对亲近的人，不高兴了就直言不讳去指责对方，搞得大家都不开心。冲动时说的伤人的话，即使后来道了歉，那些让人难过的时刻也不可以重来。只能一边看着关系越来越远，一边自责。

遇到过一个男孩子，在我面前很孩子气，偶尔说一些幼稚的话，做一些幼稚的事，其实现在想来都是很小很小的事，但不知为何，当时的我就很生气，情绪激动下中伤了对方，甚至伤了别人的自尊，于是感情就这样被磨损了。对方保护自己的方式，就是远离我，不管后来我怎么努力弥补，都挽回不了。

失去是让人成长最快的方式，只有一个错误让你付出了代价，你才会学乖。这件事让我意识到，原来自己以前是个情商低的人。

指出问题的方式有很多种，而我用了最笨的办法。凶神恶煞的方式，百害而无一利，除了让人不开心，还让自己显得刻薄。现在学会了压制自己的脾气，如果不是原则性的大错误，就不再苛责对方。

不仅是恋爱，工作、交友也同理。脾气差的人就是个坏情绪传染源，让身边的人都不愉快。如果你遇到了一个脾气好的老板，那么算你走运，坏脾气的老板可以让你对整个事业产生怀疑，甚至否定自己。

朋友在一家外企工作，本来工作压力就大，加上老板非常苛刻，常常因为工作没及时完成或者没让老板满意，就被当众劈头盖脸地一顿骂，甚至放话干不好就滚。朋友才三十岁就开始谢顶了，人也憔悴，看起来像四十岁。有一次赶一个项目，朋友熬了一个通宵把方案做完，就在快要完工的时候，晕了过去，被家人送到医院抢救了过来。本以为卖命一次能得到老板的肯定，结果回公司之后，老板第一句却是责备。现在朋友换了家新公司，薪水没那么高，但精神状态好了很多，人也自信了。

不管朋友的前老板是出于压力还是什么，这样处事，太不近人情。可能每个人都会在工作上遇到脾气不好的人吧，在遇到问题的时候不好好沟通，带着情绪工作，撒气到别人身上，而这样只会让事情变得更糟。但情商低的人意识不到自己的问题，只觉得自己指出问题没什么错，但却不懂正确的交流方式。

没有人会因为一个人爱发脾气而心生敬畏，反而是适得其反。就像女孩子以为自己生气了，男人就会紧张自己，如果一次两次，对方可能会害怕失去，可次数多了，只会反感。

认识一个朋友，曾经被选为校花，真的是美得不可方物那种，我第一次见就被惊艳得挪不开眼睛。校花没别的缺点，就是脾气差，因为从小被宠着惯了，更是不懂得考虑别人的感受，对朋友可能因为生疏还保留着礼貌客气，可男朋友就惨了。

校花的男朋友是个德智体美劳全面发展的高富帅，遇上校花这样的暴脾气，也是算他倒霉。高富帅的大部分日常都是在哄女朋友开心，无计可

CHAPTER 7

施的时候会来求助于我们，久而久之，大家都知道了校花的坏脾气。其实说到底都是鸡毛蒜皮的小事，比如消息没有及时回、嘱咐的事情给忘了、跟别的女孩子多说了两句话……一点小事情就能让校花发脾气，好在高富帅爱得深，再怎么作也忍了。校花的脾气，高富帅家里人也知道，一直很反对，但被爱冲昏头脑的小伙自然是不肯放手。

前不久，高富帅求婚了，这件事成了俩人分手的最终导火索。

求婚当天，高富帅在电影院包场，邀请了很多朋友去，大家一开始都不知道他是要求婚，看完电影之后，高富帅拿着话筒站在银幕中间对校花深情表白时，捧着爆米花的群众才反应过来，开始热烈欢呼。接着校花上台，面露娇羞地伸出手准备接受戒指。刚戴上，校花脸色不对了，原来是高富帅买的戒指尺寸错了。校花生气了，在一起两年了，居然连个合适的戒指都选不好，于是扭头就走。有人冲出去拦校花，被高富帅制止。谁知这一走，俩人就断了以后。

再后来，听说校花哭闹着道歉，求和好，对方也没再回头。

常常听到一句劝解的话——"他就是脾气不好，但人不坏"，这句话表面善意，实则道德绑架。脾气差，也是一种坏。

每个人的包容都是有限的，即使再爱，也有耐心被耗尽的时候，当一次次伤了心，爱也就被消磨殆尽。

人必须有脾气，但不能脾气恶劣。可以发火，但要看事情大小。一个脾气大的人，一定会被定义为性格差，不懂得考虑别人感受。

朋友同事脾气差还算次要，大不了不处了，可对于共度一生的伴侣就不行了，那可是要共处一个屋檐下一辈子的。因为在未来漫长的时间里，密切相处难免会有摩擦，这个时候，伴侣脾气好坏直接关系到未来人生的幸福指数。一直觉得，一个人性情稳定与否很重要，不因为一点小事情就光火或惊慌失措，也才能给身边的爱人朋友更多安全感。

以前谈恋爱，跟前任都属于脾气不好的那类，经常因为讨论一个事，说着说着就变成了争论，谁也不肯让谁，就吵起来。还有时候因为一些细小的不合心的事闹别扭，一点点的，相处变得困难。到最后分开的时候，真的没什么眷恋了，谁也不记得，一开始的时候彼此有多好，只剩互相埋怨。

后来遇到朋友来跟我抱怨感情的时候，我总是苦口婆心劝别跟人吵架，有什么话都好好说，生气的时候先冷静。

CHAPTER 7

感情，说牢靠也牢靠，爱的时候什么都阻挡不了；说脆弱也脆弱，可能吵着吵着就那么没了。而感情保鲜的诀窍之一，是懂得制造愉悦感——多讲好听的和少讲让人不开心的。

人都懂得趋利避害，如果一段关系总是让人不开心，一定会想割舍的吧。

岁月尚且残酷，带走了青春年少，但请别让它带走你的温柔。

爱情真的死不了人

这些年，见过的失恋的人比热恋的人多多了，因为恋爱的人没工夫会朋友，都忙着花前月下，倒是失恋的人，总跟我这个长期失眠的患者相遇在凌晨两三点的朋友圈，那就聊两句呗。

陈词滥调说了无数次——"会好起来的！""找新的人吧！""让自己变得更好！"……看起来很敷衍吗？不是的，是真的不知道说什么。如果是切身的陪伴，大可以沉默，可线上陪伴，总需要说点什么表示我在听，我在这里呢。好在失恋的人并不关心人们的回应，他们只需要有人倾听，最好有几句鼓励。

有个朋友，感情顺的时候从来不见她的消息，而当她找到我的时候，我就知道，她失恋了。无奈的是，让朋友反复失恋的，是同一个人。其实说白了，就是不爱了，可她放不下，要甩开自尊去委曲求全。折腾了无数次，反反复复，感情还是无法回到正轨。

一开始,我会说一大堆安慰她的话,也劝她放弃,后来发现,都是无用功,因为当一个人痴迷于另一个人的时候,全世界的反对声音都被自动调低了分贝甚至开启了静音模式,她的心里只有自己爱的呐喊,而爱人的每一声轻叹都是响雷。于是后来我不再说什么,是苦是痛,自己尝遍了才知道。

在我写这篇文章的时候,她已经对这段感情绝望,终于明白了那些藕断丝连,不是对方还舍不得自己,而是自己一厢情愿的纠缠。自己想明白了,才能好,否则别人说都没用。

昨天去了一个四人的饭局,不热闹也不冷清,大家聊北京的房价,聊着聊着就开始比穷比惨。有朋友说,自己在北京买房还得还几十年贷款,我说我连首付都付不起,最后一朋友说,你们都没我惨,今天是我生日,男朋友在昨天提的分手,他新喜欢的姑娘可能只有九十斤吧。说的时候还带着轻松的笑,像是在讲别人的事,许是怕破坏气氛或招来不必要的怜悯。

大家面面相觑,不知作何安慰,只好举杯祝生日快乐,末了我凝神看了眼朋友,试图说几句安慰的话,可能她也看出了我的心思,生怕大家担心太多扰了兴致,又说,我早就猜到了,因为他最近老说很忙,不过我已经没想这事了,脑子里都是北京的房价,哈哈。说的时候依然带着笑,大家也就缺心眼地当了真,把这事翻篇了。

吃完饭大家往地铁站方向走,两两一前一后,走在前面的朋友突然哭了起来,一边哭一边说,不好意思啊,我平时不这样的,实在是忍不住,想不通为什么在我生日前一天提分手……我走上前拍拍她的背,没关系,不要自己硬憋,哭出来会好很多。

五年的感情,一瞬间被背叛,任谁能忍住不哭呢?在33岁,一心拼事业,青春不再,身材微微发福,眼角也藏不住细纹的33岁,失恋,像是一辆按轨道正常运营的老旧的火车,以为是奔向生命的终点不会错位,不承想却在半路突然地变了道。可是除了重新开始,也没有别的办法。

十月初的北京,仿佛已经入了冬,我裹了裹衣衫,也遮不住寒凉的风。看着朋友远去的落寞背影,有些无能为力,这个冬天,没有人替她暖手了。只是日子还是得过,失恋而已,又死不了人,只要自己还没放弃自己。

突然想起了那年的虚惊一场,刺骨寒凉地惊吓。

小年是我从中学起就认识的好朋友,上大学之后,才各奔的东西,毕业

CHAPTER 7

后见面更是越来越少,只是偶尔通个电话。最长的一次分别,是时隔两年整。

小年失恋割腕,好在父母及时赶到,得以捡回一条命。得知这个消息的时候,小年已经被父母送到医院包扎好了手腕并护送回了家。她妈妈打电话来说,她想见我,于是撂下电话我就订了最近一班航班。

小年跟渣男友在一起一年,中间分分合合多次,但情侣嘛,小打小闹很正常,每次闹完不出两天就和好了。但这一次,小年赌气说完分手,两天后等来的不是对方求和好的信息,而是一条渣男跟新女友秀恩爱的微博。小年顿感五雷轰顶,发消息过去质问,以为对方会解释,没想到直接被拉黑了。

爱情跟自尊心一同破碎,小年觉得遭受了奇耻大辱,伤心加愤怒最终战胜了理智,谁也没知会一声,她选择了独自结束自己来摆脱这一切。

我又心疼又生气,为一个贱男人至于吗!于是怀着一腔愤怒,边往小年家赶边思考待会儿见了面要怎么骂她。

推开小年卧室的门,她正虚弱地躺在床上。我走到她床边,还没开口,她迅速坐起身抱住我,号啕大哭。

"我不敢了,我再也不敢了……"

本来生气的我,见此情状竟然一句话都说不出来。看着她哭到红肿的眼睛和几夜没睡好导致的黑眼圈,仿佛一夜之间老了好几岁,来之前的怒气好像全部缩回了鼻腔,酸酸的。

那天我们说了一夜的话,就像小时候一样,挤在一张床上没头没脑地聊,从过去到将来,从曾经的暗恋对象打球如何帅气到中学的食堂怎样难吃,从现在的工作进展到未来的旅行计划。直到天空泛起鱼肚白,我们才捂着咕咕叫的肚子沉沉睡去。

后来为了转移注意力,小年把心思全部放在了工作上,并且主动跟公司申请去国外出差。

三个月后,我收到了小年发来的一张照片。照片里她笑得很开心,旁边多了一个人,揽着她的肩。一切就像冥冥之中注定了似的,那个人,正好是她出差时认识的伙伴,并且主动提出跟小年回国发展。

现在的小年已经跟照片里的人结了婚,回忆起当初做过的傻事,她总是后悔不已,要是真为一个贱人挂了多不值啊!

人不可能永远快乐,但也不会总是痛苦,更没有人会一直孤独,因为孤独的人们总会相逢。

我们就像壁虎,尾巴代表爱情,它是生命的一部分,但又随时可能断掉。断了会痛、会难过、会不习惯,但你要明白,它终究会长出新的来。

抱歉，我不跟喜欢的人做朋友

有个小伙给我私信，说自己如何如何喜欢一个女孩，这个女孩跟他是好朋友，两个人经常在一起，互相照顾，但是谁也没往前一步。

女孩问，为什么对我这么好啊？

小伙喜上心头，说，我不对你好谁对你好。

小伙问，为什么不找个对象啊？

女孩说，谈恋爱麻烦。

小伙心一沉。

女孩说，同事给介绍了一个对象，小伙心又一沉。

CHAPTER 7

女孩又说，不过我对那个人没感觉，小伙又喜上眉梢。

就这么不停地观察、试探，却怎么也不敢开口验证一句。

小伙很纠结，不知道该不该表白，怕失去一个朋友……

可朋友有很多，爱人就一个，你这么缺朋友吗？女孩子这么纠结就算了，男人这么忸怩就是活该单身啊！看得我着急。

记得以前有朋友跟我表白，我说，我们就这样做朋友挺好的啊。没想到对方却说，我不缺朋友，我接近你就是因为喜欢你。我哑口无言，后来我们果然如他所愿地失去了联系。

当时我觉得是对方不够喜欢自己，所以才这么决绝，其实恰恰相反。因为跟喜欢的人做朋友太憋屈了，越喜欢，那种委屈越庞大。

如果喜欢你，要怎么不露声色地做朋友呢？

你有了喜欢的人，我不能表现出醋意，最好还要像个称职的好朋友般帮你出谋划策。你遇到困难了，我挺身而出，还得装出只是为了朋友情谊无其他目的的样子。可要不是喜欢你，谁愿意这么折腾自己？跟你聊天发的每句话，我在脑子里过了好几遍才谨慎地打出来，每一个简单的字符里，都藏着一万句短促的情诗，你一句都看不见。

你问我为什么不找对象，我说喜欢的人不喜欢我，你笑笑，说怎么可能，你那么好。

噢，那么好的话，你怎么不喜欢我一下？

后来我的性格也有了那种干脆，永远不跟喜欢的人做朋友，宁愿说清楚了，一别两宽。否则拼命压抑自己的感情，留在对方身边做朋友的话，心里得多委屈啊，跟备胎没什么分别。更别说什么不想失去，你分明都没得到过。

这种委屈太沉重了，看着你，却不能拥有你，我舍不得这么凌迟自己的心。我爱你，但也爱自己，所以就不要做朋友了吧，长痛不如短痛。

即使隐忍跟对方做着朋友，也不会长久，一旦对方身边有了别的人，你会难过，却不得不保持距离，不如趁早求一个答案。

自己猜来猜去没有用的，即使你把对方说的每句话都用来做阅读理解，你还是会得出两个答案。不如索性去求证，去表白。如果失败，那彻底

CHAPTER 7

断了念想也好,毕竟这样才能更快地开始新生活。不是有句话说,频频回头的人走不了远路么。

人这辈子很短,遇见喜欢的人的概率很低,相互喜欢的概率就更低,所以遇见了,就别压抑自己的感情。何况都努力那么久了,再努力一下怕什么呢?

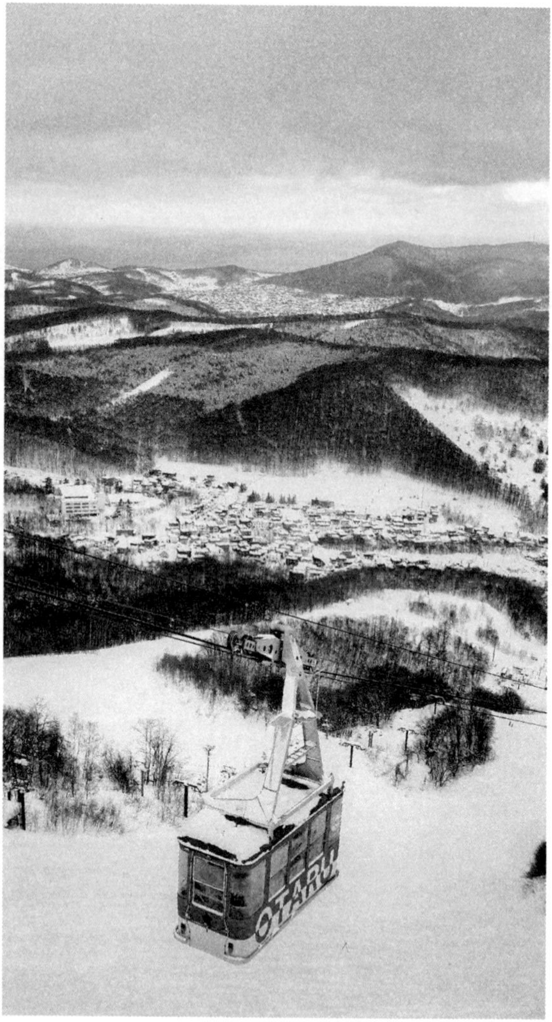
OTARU

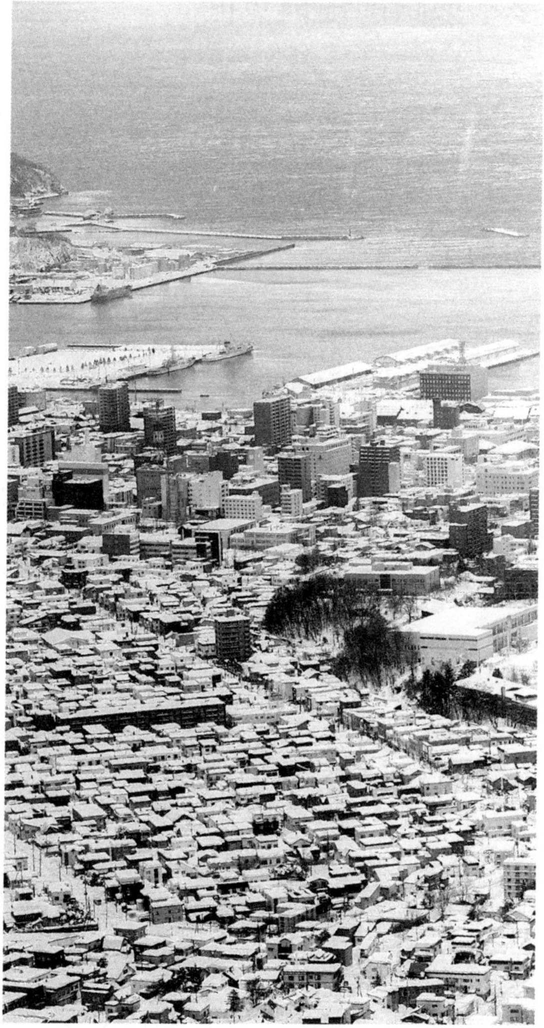

该不该跟前任再见面

朋友最近陷入了困惑,前任来北京出差,约她见面。她很犹豫要不要去,毕竟分手的时候闹得不可开交,认定了会老死不相往来的人,突然联系自己说要见面,这是啥意思?想和解做个朋友还是想再续前缘?

不去的话,太不给面子,也显得自己小气;去了的话,又怕尴尬。

于是朋友问我,该去吗?我说没有该不该,只有想不想。

朋友果然还是去了。俩人先是礼貌寒暄,后来天南海北地聊,最后感性起来,打开了话匣子,说起当年不懂事,都抢着道歉。虽没有再续前缘,但做回了朋友。

久别重逢这件事,即使不能破镜重圆,但能冰释前嫌也不算白费。可重逢也不一定都是皆大欢喜,如果是对方提,那选择权就在你手里,可一旦交出选择权,就有伤心的风险。尤其是你想和好,对方却没这个意思的时候。

大可的初恋在大学,两个人在一起两年,但非常坎坷。大可家境优越,女方却是小城市来的,遭到了大可妈的坚决反对,说如果不分手,就别回家,于是大可真的一年多没有回过家。后来他妈妈表面上妥协了,说在一起可以,但大可必须出国读研,回来之后想结婚都行。大可一听,可以结婚,想都没想,一口答应了下来,去了之后才明白这是老妈的套路。

距离加重了矛盾,女方因为没有安全感,老闹情绪,最后一次争吵成了压死骆驼的最后一根稻草。大可无奈同意了分手,可心里还是放不下这段感情,总想着等自己回国再弥补。

今年大可终于毕业了,回国后的第一件事情就是联系初恋,本以为对方会拒绝见面,没想到却主动说要请他吃饭。

赴约当天,大可专程去理了发,换上了新衣服,还准备了礼物。因为怕堵车迟到,提前半小时抵达了餐厅,没想到却等来了两个人。

女方丝毫没有察觉到大可的不自在,开场白是——你女朋友怎么没来?大可愣了下,忙说,她在国外呢。为了演得逼真一些,还补充说对方没

谁不是
学着去爱

毕业，是自己的学妹。

吃饭的时候，初恋和其现任毫不避讳地互相夹菜，眼神里的亲昵，一点儿也不像是装的，大可看在眼里，痛在心里。以为可以硬撑着吃完那顿饭，却还是中途谎称有事，退场了。

光是你想见对方，没用的，只有对方也想见你的时候，这一场重逢，才有意义。

爱过的人，再相见，很难心里没有起伏，除非彼此在自身条件或品位上有很大变化。可能他已经有了啤酒肚或者谢了顶，成了一个油腻庸俗的中年人，你从他身上连曾经那个桀骜不驯甩掉自己的坏男孩的影子都找不见了。可能她还年轻貌美着，但言行举止已经不能入你的眼，张口闭口就是包包、房子、移民，依然飞扬跋扈，但虚荣早已钻进了骨子里。你现在有了不错的车，可以带她兜风，可她却不再是那个愿意花一下午时间看你打篮球的小女孩了。

也有的人，爱而不见，只是想让对方记忆里的自己一直都好。以前看书上说，李夫人病重的时候，汉武帝去探望她，她始终闭而不见，皇上不但没有生气，还对其念念不忘。当时就觉得李夫人真是一个智慧的女人。后来还听朋友说起一个现代李夫人——女孩子得了白血病，刚查出来的时候,她就坚决要跟男友分手,说如果能好起来,再见面。后来她化疗导致发胖,头发也掉光了,男友想来探望她,她更是坚决不肯。现实总是不像故事那么美好,最后她没有被救过来,但他记忆里的她,永远美着。

我想,如果我是她,也会那么选吧。肯定有人会说,如果看自己丑了,就变心的话,就不是真爱啊。可那种时刻,并不适合检验一份感情。如果对方是真爱,那看到自己遭罪的样子,会心疼、会难过;如果对方不那么爱,看到自己的病态就被吓跑,那么自己会心痛、会难过。无论怎么选,都不会好过,而选择不见,风险最小。

巧的是,写这篇文章的时候,一个朋友也来问我,有个老友局,有前男友带着现任出席,短兵相接,自己要不要应战?同时,朋友还给我发来了前任的现任照片,我一看,颜值确实比不过朋友。

照常理,这种情况会激发女人的好胜心,势必会出席,然后比一比高低。可这次情况不一般,朋友这个前男友,当初就是为这个外貌比不过自己的女人劈了腿。

我赶紧劝朋友,别去了,如果你是带着打败对方的心理去的,那怎么样都是输,你再美、过得再好,对面是两个人,不被爱的是你,你就赢不了。除非你确定自己见到他们内心不会有起伏，否则一定会不开心。

朋友想想，也是，他们不配，然后扭头找暧昧对象约会去了。

所以到底该不该跟前任见面？没有该不该，只有想不想。

如果不想冒着伤心的风险，或者不想浪费时间，那就别去；如果还有念想，若他值得你披荆斩棘盛装出席，那就去，当作了了一桩心事也好。

你戒不掉,是因为伤害不够大

作为一个四川人,曾经无辣不欢,到北京之后不知是环境导致,还是自身健康出了问题,总之现在一吃四川火锅就肠胃难受,狂拉肚子,现在我的最爱已经成了潮汕火锅。

以前经常熬夜,严重的时候天亮了才能浅浅入睡。现在睡太晚,第二天不仅气色差,而且整个人会没精神、乏力,身体也出现了各类亚健康状况,于是开始注意起来,每天早早地躺到床上。

曾经喜欢酷酷的人,对方每一次不苟言笑的冷淡,都令人花痴般狂欢,如今幡然醒悟,温柔而热切的人才能去依赖啊。

贪吃、熬夜、喜欢你,再多不良嗜好,当伤害够大,也就戒掉了。

我想起了阿南,那个为爱差点丢了命的姑娘。

谁不是
学着去爱

阿南是单亲家庭的孩子，爸爸去世早，母亲改嫁之后就不怎么管她了，后来给她生了个弟弟，就更是把全副心思移到了儿子身上，对阿南不闻不问，只是偶尔打点生活费。阿南没上过大学，因为继父说，成绩不好读普通大学也没什么用，其实就是不想出钱。于是高中毕业后，阿南就离开家乡去打工了。

阿南到了北京做销售，卖一款清洁产品，每天背着一大包清洁液在大大小小的商场里转，逮住机会就凑上去帮人擦鞋。大部分人是擦完了也不会买，有的甚至很嫌弃，慌忙收回脚。阿南脸皮薄，每逢这时都是接连道歉然后离开。

清洁液每卖出去一瓶的提成是五块，没有保底工资，为了多赚一点钱，阿南每天起早贪黑地跑，总算是能解决温饱。受了委屈也只能自己憋着，没人疼没人爱，但阿南从来没哭过，在她爱上人以前。

那天是周末，商场已经要打烊了，阿南还没走，因为咖啡店里还有人。

阿南注意到一对母子，女人在等儿子吃完面前的提拉米苏，而男孩的球鞋很脏了，上面还有油渍。阿南上前打招呼，掏出清洁液和布准备给男孩擦鞋子。

CHAPTER 7

女人摆手说不用,阿南说,没关系,买不买都行,您看看效果吧。女人不再言语,默许了。

阿南弯下腰,单膝跪地,拿起清洁液对准小男孩的球鞋喷了一下。突然地,不知道男孩是因为不小心还是故意的,一脚踹到了阿南脸上。

动作太快而且用力大,阿南感觉脸上火辣辣的。男孩冷冰冰地扔下一句,我不要擦。

女人只是冲阿南摆摆手,算了,他不擦算了,却没有道歉的意思。

阿南涨红了脸,正准备起身走,旁边不知何时冒出了一个人,他厉声道,连句道歉都不会吗,真没教养!

阿南抬起头看了一眼说话的人,个子不高,身材瘦削,皱着眉,恶狠狠地盯着母子俩,透着一股霸道。阿南不敢作声。

听到呵斥,女人有点难为情了,拍拍儿子的胳膊,快跟人道歉!儿子不依,凭什么啊,我又不是故意的。旁边的人急了,臭小子,信不信我揍你!女人也急了,你跟一小孩计较什么呀!

看店员听到声音在往此处张望,阿南吓得不知所措,怕事情闹大,只好赶紧拉着此人走出了咖啡店。

这是阿南第一次见方远。

说来可笑,一开始他为她的委屈伸张正义,而后来她所有的委屈,却都是因为他。

那天阿南跟方远站在商场门口,方远问,你还剩多少瓶没卖掉?

阿南伸出五个手指头。

方远说,我都要了。

阿南不肯,说五瓶你哪用得完。

方远把钱塞进她手心里,这你就别管了。

于是一次挺身而出和五瓶清洁液,就换来了赠品——阿南的心。

阿南自己也觉得可笑,应该是被爱得太少了吧,所以容易动心,容易把

CHAPTER 7

伸出的每一根橄榄枝都当作救命稻草。

第一次去方远家的时候,阿南看到窗台上有五瓶清洁液,码成一排,从未拆封过,上面已经落了一点灰。阿南感觉心里有一些被宠溺着的陶醉,他不是因为需要才买,而是为了自己而买,多好。

阿南开始什么都听方远的,他说搬到一起住、说换工作,阿南都照做。方远在一家地下赌场打杂,工作时间在晚上,于是他希望阿南也晚上工作,理由是这样就能有更多时间在一起。于是阿南经方远介绍,去了一家酒吧做推销。

为了让顾客多买点,阿南学着喝酒,因为陪酒经常喝得在厕所吐。被揩油是常事,回家跟方远抱怨,以为会得到安慰,没想到对方却冷嘲热讽,也不摸摸自己的罩杯?于是阿南不敢再提,只是工作的时候一杯接一杯更努力地喝。

日子过了没多久,方远开始谎称家人生病,问阿南要钱,阿南想都没想,把自己攒的一万多块统统给了他。第二个月,阿南发了工资,方远又开口要钱,阿南不给,方远摔门而去,醉醺醺地回家之后,阿南心软,还是给了钱。

阿南问过方远，问他有没有参与赌博，方远矢口否认，但阿南还是不放心，有天请假去他上班的地方，把正在牌桌上的方远抓了个正着。阿南赌气，转身就走，方远没有追出去，依然是天快亮了才回家。

方远问，要分手吗？这一句，问得阿南没了脾气。生气是真的，害怕分手也是真的。方远是全世界唯一的依靠了，如果分开了又要过一个人流浪的日子，还有比这更可怕的事情吗？

最后方远表面上答应不赌，然后俩人和好。可是没想到第二场风波很快就接踵而至。

那天阿南忘记带工作牌，折返回家发现门被反锁了打不开，于是就像电视剧里演的那样，最后门开了，里面出来两个衣衫不整的人。

这次阿南提了分手，方远急了，追着道歉，发动阿南的同事劝她，当众下跪磕头求阿南原谅，不原谅就不起来。阿南哪见过这局面，慌忙中扶起对方，终究原谅了。

可没多久，第三场风波来了，阿南怀孕了。

验孕纸出现在方远眼前的时候，阿南以为对方会惊喜，可方远却阴沉着脸，说这孩子不能要，我们哪有钱养孩子。阿南心一横，我自己赚钱养。

后来方远也不再说什么，还奇迹般地殷勤起来，每天给阿南煲汤。那些天是阿南觉得他们在一起以后最幸福的日子，因为方远总是盛好煲好的汤端到她面前，有时候阿南耍赖说喝不下了，方远就用勺子一点点喂给她喝。

好日子没多久，阿南大出血住院了，检查出她服用了过量的堕胎药。那些药，都是方远搁在汤里的。

孩子没保住，阿南的爱情也是，不过好在抢救及时，命保住了。

我是在火车站认识阿南的，那天我们都只身一人，只不过我是旅行，她是继续流浪。

她坐在角落里流眼泪，看得出来是在强忍哭声，紧闭着的嘴唇和单薄的肩膀在轻微颤抖，脸上眼泪干了又流。我递过去一张纸，她回过神来，道了一声谢。我没有说话，我知道伤心的人有时候最害怕别人问怎么了。

后来上了火车，巧的是，阿南居然坐我旁边。看到是我，她笑了。这时她脸上的泪痕已经没了，但眼睛还红着。

她问我是做什么的,我说写写东西。她眼睛发亮盯着我,那你可以写写我吗?我点头,于是有了前面的故事。

阿南把跟方远的相识说得很仔细,倒是后来的委屈,她轻描淡写了,可能只想记得那番快乐吧。

阿南一度让我想起了《被嫌弃的松子的一生》里的松子,总是视爱情如命,为了有个依靠,被对方轻贱也没关系,委屈总好过孤独。可她是松子的美好版结局,因为最后的幡然醒悟。

一次次修改底线,换来的却是他的得寸进尺。于是她绝望地逃出病房,买了火车票,换了电话卡,彻底地离开了北京。

生活让她吃了那么多苦头,她都没哭过,唯独为爱流干了眼泪。多少次她想头也不回地走掉的时候都下不了决心,舍不得,因为她的爱情是这世上唯一的依靠了。但伤害一次次加大,她终于幡然醒悟,哪有什么戒不掉,只是痛得不够深。

幡然醒悟真是一个美好的词,这美好又带点苦涩,像打怪失血过多要挂掉的时候突然捡到了补充体力的宝物;像翻箱倒柜之后,发现钥匙在门上;像走了很远的流浪人,磕磕绊绊大半生,看了风景也受了折磨之后,

CHAPTER 7

终于回了家。没承想,我走了好远的弯路,是为捡一捧醒悟,可路上风景这么多,倒也值得。

那天快要下火车的时候,阿南问我要邮箱地址,她拿出笔,伸出胳膊,让我写在上面。我小心翼翼地在她的手腕上写完,她理了理袖子,冲我笑笑,转身就要消失在人海中。我急急唤她的名字,她停步,诧异地扭头,我走上去把自己的围巾挂在了她的脖子上,道一声保重。

后来很长一段时间,我总是经常想起阿南,想她过得好不好,有没有爱上新的人,我总是忍不住期待收到一封来自她的邮件。

直到昨天,我收到了。正文只有寥寥几个字:九,我结婚了。附件是她跟爱人的合影,笑得很甜。

于是我今天才终于写下了这个故事,因为等来了想要的结局。

图书在版编目（CIP）数据

谁不是学着去爱 / 顾奈著. —北京：北京联合出版公司，2017.5
ISBN 978-7-5596-0323-4

Ⅰ.①谁… Ⅱ.①顾… Ⅲ.①随笔—作品集—中国—当代 Ⅳ.
①I267.1

中国版本图书馆CIP数据核字(2017)第078275号

谁不是学着去爱

作　　者：顾　奈
责任编辑：喻　静
产品经理：张其鑫
特约编辑：黄川川

北京联合出版公司出版
（北京市西城区德外大街83号楼9层　100088）
北京联合天畅发行公司发行
北京艺堂印刷有限公司印刷　新华书店经销
字数：155千字　880mm×1230mm　1/32　印张：10.5
2017年5月第1版　2017年5月第1次印刷
ISBN 978-7-5596-0323-4
定价：39.80元

未经许可，不得以任何方式复制或抄袭本书部分或全部内容
版权所有，侵权必究
如发现图书质量问题，可联系调换。质量投诉电话：010-57933435/64243832